寻找西域的神奇

安谅新疆美文精选集

安谅 著

上海大学出版社

图书在版编目(CIP)数据

寻找西域的神奇：安谅新疆美文精选集 / 安谅著. —上海：上海大学出版社，2023.8
ISBN 978-7-5671-4778-2

Ⅰ.①寻… Ⅱ.①安… Ⅲ.①散文集—中国—当代②纪实文学—中国—当代 Ⅳ.① I217.2

中国国家版本馆 CIP 数据核字（2023）第 140234 号

责任编辑　陈　强
封面设计　缪炎栩
技术编辑　金　鑫　钱宇坤

寻找西域的神奇
安谅新疆美文精选集
安　谅　著
上海大学出版社出版发行
（上海市上大路99号　邮政编码200444）
（https://www.shupress.cn　发行热线 021-66135112）
出版人　戴骏豪

*

南京展望文化发展有限公司排版
上海华业装潢印刷厂有限公司印刷　各地新华书店经销
开本 890 mm×1240 mm　1/32　印张 7.25　字数 143 千
2023年8月第1版　2023年8月第1次印刷
ISBN 978-7-5671-4778-2/I·692　定价　48.00元

版权所有　侵权必究
如发现本书有印装质量问题请与印刷厂质量科联系
联系电话：021-56475919

▲ 黑山走一回

▲ 春天杏花开又落

▲ 鹰笛嘹亮

▲ 塔克拉玛干大沙漠环行记

▲ 一路戈壁

▲ 库都鲁克大峡谷掠影

◀ 回首六道湾

▲ 天门一叹

人生的转场 ▶

草湖人家

行走在天池的湖面上

昆仑山上第一

神山圣湖

左胡杨,右沙漠

▲ 离太阳最近的石头城

▲ 国庆,在第七号界碑

▲ 烽燧的咏叹

▲ 天池的冬夏

克拉玛依一瞥

▲ 路经石河子

◀ 大巴扎的宴

目录

群山深处的泉华 / 001

戈壁滩上的真相 / 004

化石沟知道 / 011

黑山走一回 / 015

春天杏花开又落 / 019

亲近沙漠的履历 / 022

遥望三仙洞 / 026

认识巴里坤 / 029

沙漠公路之旅 / 033

初访瓦罕走廊 / 036

戈壁深处有人家 / 040

向天山神木致敬 / 047

鹰笛嘹亮 / 050

环走塔克拉玛干大沙漠 / 054

365级台阶 / 067

一路戈壁 / 069

库都鲁克大峡谷掠影 / 072

叶城清明 / 075

与巴尔鲁克的激情相会 / 080

英吉沙小记 / 089

回首六道湾 / 092

雪鸡别克 / 096

天门一叹 / 100

人生的转场 / 106

躺着的丰碑 / 110

草湖人家 / 115

西域奇景：巴楚烤骆驼 / 119

"踩"玉若梦 / 124

磨坊的记忆 / 128

昆仑山上第一乡 / 132

红柳的天地 / 137

巴扎的味道 / 141

左胡杨，右沙漠 / 145

乌恰一日 / 148

国庆，在第七号界碑 / 152

烽燧的咏叹 / 156

天池的冬夏 / 159

克拉玛依一瞥 / 165

路经石河子 / 168

西出阳关拜班超 / 171

今夏的一场沙尘暴 / 174

沙湾大盘鸡 / 177

夏日的江布拉克 / 181

大巴扎的宴舞 / 185

西域奇景：一香名天下 / 188

初识巴旦姆 / 190

巴尔楚克的羊 / 193

帕米尔高原的一往情深 / 196

他乡美食记 / 208

跋 / 213

群山深处的泉华

有的事物，你过去很久都未必听说，也不曾目睹，但与你并不缺少缘分：在你生命的某段路途中，它会静静地等候着你，你则在不知不觉中走近它，在索然无味中忽然跌进它给予你的一片惊喜和迷醉。那一天，泉华就这样闯入了我的眼帘，令我的心情如它一样绚烂怒放。

这是位于柯尔克孜州的天山支脉，车子在公路上飞驰，两侧绵延不绝的山脉迎将过来，又忽地散开，土黄色的山峦上寸草不生，只有斑驳的冰雪，表征着这里也经历着四季的嬗变。公路悠长，仿佛是这山丛里的一根筋络，与山脉一样的坚韧，执着地向遥远伸展。既然已到过天门，随行的朋友便说，到泉华看看吧。

漫长的路途，让人淡然寡味。我却坚信，前方一定会有稀奇的事物，令我们激情亢奋，不虚此行。

车再次驶向群山深处，欢快地飞奔。在车上迷糊了好久，睁开眼，还在土黄的山坡间奔驰,只是不见任何村落、屋舍和人影,路上也见不到一辆车子。我们是这冬日里踽踽独行的孤独的一拨驴友。

公路已到尽头了,车子开始在冰雪覆盖的山塬上颠簸前行。担心陷入沼泽,司机还下了车,用石块猛砸冰面,作一番测试和观察。一路跌宕,终于下车了。眼见冰雪陆离,似乎不见奇崛,但经朋友一指点,眼睛顿时一亮:溪水流淌,竟是鲜血一样的色彩,它们欢快地奔跑着,一路灿烂,在阳光下闪烁着别样的风采;而那一坨山丘,即便冰雪遮盖得严实且密不透风,其上的黄色、红色也正力透冰雪,渗出别样的绚丽来。朋友说,倘若没有冬天的冰雪,这山丘一片姹紫嫣红。

这就是泉华了!从山体里汩汩流淌出的一汪泉水,携带着丰富的矿物质,在这荒无人烟的山坡上,盛开出风雨难以涤荡的艳丽来!泉华之"华",乃是"花"之喻意呀,泉花绽放,那是深刻在山丘的美之极致!

现身于俗世的浓艳,今天的我们哪里还会记得昨天的一抹色彩?然而身处于群山深处的这片绚烂却令人久久萦怀,它经历了多少风雨的洗染,它是苦难和历史的沉淀,就连冬日的雪,也无法将其掩埋。那一丛丛鹅黄浅绿殷红,在岩壁上早已埋伏千年。世界上真正的奇美,一定是在人迹罕至的幽远之处。

我抬头仰望天空,此刻的云彩竟也别致非凡,一缕缕絮状的,飘飘悠悠地俯瞰着这片山峦,也许她们也在惊羡这泉华之美,也欲与之争奇斗妍吧。在海拔3 600米天山支脉的深处,我与蓝天白云如此亲近,而几无生命痕迹的山丘,那股奔涌的泉水,也令我心中潮涌阵阵。

朋友告诉我,当地牧民最先发现了深山里的泉华,并向旅游者引荐了这片奇景。我看见那皑皑白雪上,有人与羊的足迹,一串串,清晰而执拗……

戈壁滩上的真相

无垠的戈壁,渺无人迹。它雄浑如同大海,广阔而又高深,它神奇又似沙漠,扑朔而又迷离。

与戈壁滩无数次的亲密的接触,戈壁滩的神秘时不时地出现,又时不时地被破解,这是一场场知识和智力的游戏,又是一次次心灵的猎奇似的欢愉。

大 漠 孤 烟

小时候就读过这首著名的诗:"单车欲问边,属国过居延。征蓬出汉塞,归雁入胡天。大漠孤烟直,长河落日圆。萧关逢侯骑,都护在燕然。"

但当时念念有词,多半是囫囵吞枣,不解词义的。及至有了一定理解能力，还是不能真正完全准确地把握这诗的真实含义。

也许大漠无风，草烟也好，孤烟也罢，那烟雾必然就直直地飘向天空，虽然不如火箭那般昂首，至少也是具有舍我其谁、所向披靡的气概吧。

有一日，在茫茫戈壁行驶时，也真的撞见了这一幕。这真是一个奇观，远远地，一篷烟雾笔一样的挺直，冉冉上升，它不像常见的烟雾一样，或者蘑菇云似的腾飞，或者随风蓬勃飘散。它直立着，仿佛是一个幽灵，心无旁骛地引体向上。它的线条是刚劲的，也许走近了细瞧，还是看得出它的边沿的模糊与柔和，看得透它的身子骨的透明和脆弱，但这股烟是别样的，村庄里的袅袅炊烟与它毫不相像，山野里的篝火孤烟，也与它无缘。它旁若无人地甚至带些孤傲地直线上升着，你的心、你的目光也被它拉成一条直线了，眼睁睁地盯视着它，带着无限的惊讶，带着神秘的念想，也带着莫名的困惑。

这就是王维笔下的大漠孤烟直吗？毫无疑问，就是它了，会让诗人遐思缅想，凝注成了这万古流芳的华章。就是它了，曾令我们这些后辈多少想象猜测，在脑海里无数次勾画了它的模样。

很想走近了观察。可司机说，这至少离我们有十多里路，何况这砾石遍布的戈壁荒漠，也根本没有路。

只得作罢。同行的相机都急吼吼地伸长了脖子一探究竟，镜头就像咬住了那大漠孤烟。而我一眼不眨地久久地观察着它、探究着它。我不知这应该荒无人烟的地方,哪来的烟,而这烟又奇了怪了,像一棵青杨树干一样挺直。

车渐行渐远,直至孤烟已离开了我们的视野,我们还在做各种猜想。

还没有找到答案。不几日,又见到了这同样的情景。一样的一缕青烟,一样的腾飞直立。所不同的是,当我们的车快速移动,我们的视角发生变化时,那一缕孤烟,竟像滴墨入水,迅速稀释,慢慢翻滚着,淡化,飘飘绕绕的,不成形了。

我们都看得傻傻的了,目光片刻不离那缕烟云,直到烟云悉数散去,我们的目力也显疲累。

这回,对《使至塞上》这首诗,感受更加真切了。想到那种戈壁奇景,也愈加感叹,王维的生动描绘,实在是巧夺天工。

但这烟来自何处?还是一个没有破解的谜。

直到有一天,一位当地朋友告之,那哪里是火燃的烟呢?那是龙卷风,卷起了戈壁滩上的尘沙,尘烟在风力的促和与推举下,抱成一长条,直向天空飘飞。

原来是龙卷风创造的奇迹。

这戈壁滩上的龙卷风,它更像一位诗人,这绮丽甚至可谓千古绝唱的诗句,只能出自它的手中。

那确实是戈壁荒漠上的瑰美的奇迹。

移动的山丘

从叶城到和田的315国道，两侧大都是戈壁荒漠。

三个小时的车程，有时难免枯燥乏味。新疆的公路大抵如此，景与景之间，常常都是一长段的路，车行半日，不算稀罕。这两年多来，我习惯于卧在车座里上微博，即兴写诗或写《明人明言》。累了，打个盹，有时还会打开音响，学唱几首歌曲。窗外的景色确实单调了，沙土、砾石、红柳、骆驼刺……眼睛最是喜新厌旧的感官，对看惯的事物，常常表现出不可抑制的倦态来。

好多次来回，我对叶城到和田的这段公路及其两侧的景物，也熟谙许多。我的大脑沟回，也深深地把它们记忆住了。

但有一天，我忽然发现有着天山白云的那一片土丘，明显平矮了许多，我再往喀喇昆仑山那边张望，那一侧的土丘似乎又明显高耸了。我一时莫名惊慌，这种情景不亚于大卫的巨型魔术，他在众目睽睽之下，把一架波音飞机搬离了位置。

我这么一说，我的同伴也都有所感觉了，他们的表情也是惊愕万分的。

我们夸张地怀疑莫非到了魔鬼之城。巴楚、克拉玛依那些所谓的魔鬼之城，与这相比就是小巫见大巫了。那鬼斧神工的大自然的造化，虽然奇特，但其经历了多少万年的演变，而这两侧土丘的变迁，大约不会超过半年。时间的长短，有时就是衡量奇迹创造的一个重要标志。

我们说不出所以然，临时聘用的乌鲁木齐的司机也无法说出个究竟。这是夏天的正午，戈壁滩上阳光灼烫，我只能暂时闭眼，不去面对这一时猜不透的现实。

过了没几日，我们的车队又一次经过这段公路。司机是喀什当地汉子，我们一提起这个让我们如同丈二和尚摸不着头脑的问题，他就笑了。他说这是很简单的事呢，是风的杰作。春天，南疆容易起风暴，风暴就会带动沙尘，沙随风飘移。前一阵子，风由北向南，就把这北边的沙土吹刮了不少到南边了。这山丘其实都是沙堆积的，款款轻飘，风一吹，就被鼓动飘扬起来，很自然地集聚到了那边山丘。那边山丘自然显得高大了。

这一说，自然很快让我们想到了沙漠。在沙漠上沙的移动更是容易发生。在沙漠我们能够司空见惯，而在戈壁却一时思维滞涩，显然，我们一开始就把两侧的沙丘视为凝固的山峦了，也就疏忽了风的力量。

有时，一个小小的迷惑，就会迷蒙了我们的眼睛，引我们走向了错误。戈壁滩又着实给我们上了一课。

白杨树的"花朵"

在新疆，戈壁滩上不管是高速公路还是乡村小道两旁，白杨树，是令人过目难忘的。它笔直、挺立，像一根根桅杆高耸而又密集，迎着风沙和烈日，不弯腰屈膝，像一个真汉子一样的坚毅。

它常常让我联翩浮想，让我深有感触。

我曾写过一首诗：喀什的白杨树，世代都是军人。寒光如剑，只当是千年的风声，冰封大地，正好展露坚贞。偌大的疆土，流行着笔挺的风度。在张骞哒哒的马蹄声中，一步步走到今生。我在深夜穿越它的队列，听见自己的心音，浅唱低吟。一棵树就是一根旗杆。它们原是高扬着我一个真汉子的梦。

新疆一位音乐人还拿去谱曲演唱，有点意味。

常在戈壁滩上穿行，有时也会眼花缭乱。在阳光下的白杨树叶会显示非凡的生动来。无风，但满树银光闪闪，以为是树林上缀满了银白的花朵，一眼望去，这花朵璀璨夺目、形状各异，朦胧中，倍感粲然鲜活。也心生喟叹，怎么平时并没注意到这些呢？白杨树居然也拥有如此浓烈明亮的花朵。

几次缄然着观赏、惊叹，那疑问也自然愈结愈深。

某一日便在车上脱口而出了。还是那位当地司机，他笑了：那不是花朵，那是阳光的照射。脑子忽然从混沌中醒来，连忙仔细留意。渐渐地，心中豁朗了。

喀什路旁的白杨树叶确实像缀满了银色的花朵，并确实随视角的变化而变化。摘了一片树叶细瞧，再注视着阳光下的白杨树叶，明白无误了：阳光照射在树叶的深色的光面，就闪耀出一片银光，变换了角度，光亮也改变了模样。而树叶的另一面，是浅色的毛糙的面底，对光不产生折射，倒也宠辱不惊，保持着自己的本色，也甘愿只作衬托。

阳光与树叶合谋，制造了这片神奇。

其实，再怎么聪慧的人，要保持时刻的清醒，都是很难的。旁人的提醒，有时真是一字如金呀！

化石沟知道

所谓末日，一定是充满绝望和恐惧的。末日的阴影，像太阳的阴面，照临着这个苦难的球体，让人们时不时惊悸颤栗，如同树欲静而风不止。末日的状态，我想至少是在人的眼睛和心灵深处沉浮飘掠着，而在上帝启动按钮的某一日，会真实地发生，不可阻挡地再现。2012年，也许是人类谈及世界末日这个词眼最多的年头。一个古人的预想像符咒一样，缠绕着人类，人类欲罢不能。也就是在2012年的第一个阳光普照的日子，我看到了亿万年前的一个末日的凝固的姿态，一个充满神秘和玄想的空间，一个南疆古老的童话。

化石沟，未经装饰包装的称谓。偌大的喀什版图上也看不到的名字，但它却旁若无人地存在着。连绵的山体，孤悬在尘世，又远离尘嚣。奇特嶙峋的山石，每一片都是含而不露，又各具形态，深藏不露的样子。其实，它们完全可以傲然人世的姿态，俯瞰芸芸众生。即便能够涉足这片神秘境地的人少而又少。它们所历经的沧桑，人类无法企及。它们所跨越的年代，也是人类难以想象的。粗粝而又陡峭的山岩，或如群兽仰脖，或似百僧肃立，间或又有蛟龙摆首，雄狮盘踞。那一壁千仞，犹如是瀑布自天而下，骤然凝固，那沟的尽头，则是天然的堑壕，宛若一个金色大厅。宽阔而又昂然向上，天光荟集，人声不去。抵达此处，多半会放开嗓门，唱出几个高亢的旋律。声若洪钟，余音缭绕，不逊天籁之音。

奇石林立，有的呈摇摇欲坠之态，命悬一线，随时倾塌。乱石堆积，叠床架屋一般，险象丛生。

沉积岩随时可见，层层叠叠的，清晰分明。看似钢淬般坚硬，有的边缘部分，却经不起轻轻的剥弄，脆饼似的断开了。但厚实的部分，还是一脸的坚毅，只能用手轻轻地抚摸，以示尊重。

七星池是一个奇迹。自下而上，由大到小，从深至浅，不知是何方神仙的脚印，又像天空落下的滚烫的泪珠，烙印于此，从此亘古不变。我率先坐于一个大池边沿，留下了一张照片。后面几位同伴童心大增，竟入池而卧，四仰八叉地照了相，煞是有趣。这池里的浅水区凝结成冰，踩上去一阵溜滑，又引发大家的哄笑。千万年冷寂的山谷，来了一批年轻富有激情的人，也许也会被这欢声笑语惊讶得一愣一愣的吧。我们也算让这古老的山峦，大开了一次眼界。

撩开细薄的水雾，我们发现了不足一尺的鱼头的形状，深嵌在山石里，或者说已与山石融于一体，线条和骨节都清晰如昨。生命依然在悠游。不远处，又有一处鱼的骨骸，身材更显粗壮，似乎也是在遨游中突然遭到变故，瞬间匍匐于此，不再动弹，而魂魄还在大海中翩然。纯白色的骨骸像是纯白的念想，一览无余。我端详其中，踌躇周边，感觉曾几何时见过这尾鱼儿，有故友相逢的那种激动莫名。但别人告诉我说，这是百万年前的鱼，早就绝迹了，如果不是成为化石，你是无法认识它们的。我愕然又迅即嗒然。

事实真是如此。认识它们，正是缘于上百万年前地壳的一次巨大裂变。它们的生命才绵延至今，让渺小的我有幸目睹和相识，说是前世有缘，恐怕是自欺欺人了。

到化石沟算是一种探险，因为沿途无路，两公里的攀爬虽不算险峻，也是困难重重，颠沛不定。手足相砥，肉身贴地，每一步都必须付出艰辛。直至晚上才发觉，浑身酸痛，关节处运动不畅，脚底下也磨了泡，衣裳尘土沾染已不在话下了。

这也是代价了。这深山陡壁，想领略千古风光，一点不付出是不可能的！

巴楚县县长穆合塔尔·艾沙说，这还是第一次有人登临这化石沟的深处尽头。如此可见，吾辈真是幸运，趁着年轻气盛和好奇，成就了一次难忘的千古相会。

化石沟位于巴楚县城以东五十余公里处，是白垩纪年代地壳运动演变而成。很难想象，当年的汪洋大海突然消失，火山岩浆喷发，海底兀然而起，如此景象，大约就是世界末日的气势了。倘若站在诺亚方舟俯瞰，一定是惊心动魄，令人不寒而栗了。

然而，末日也许不过如此。世界换了新的面貌。短暂的生命获得了长久。深不可测的海底也成了人类探访的乐园。天地还在，乾坤犹存。斗转星移，太阳还是在每一个早晨诞生。不必纠缠那些所谓末日的烦恼。静下心，迈起步，去认识这个世界诸多神奇的事物。活出今天的充实，体悟当下的幸福！

黑山走一回

黑山，顾名思义，山体色泽黝黑。至于那种黑是怎样一种质素，又是怎么形成的，我在抵达黑山之前，还是一片空白。

南疆的十月下旬，已是深秋。早晚以及阴影下的冷意，一件外套早已无法抵御。我们的小车穿行在巴楚广袤无垠的原始胡杨林中，不成形的沙石路面，回馈我们阵阵颠簸，也不时扬起滚滚尘烟。这一路走得并不舒畅，但满目苍劲的胡杨和硕放的红柳，在茫茫大地挥洒着不屈的生命篇章，让我时刻感受着一种力的勃发。

是的，这一片举世罕见的胡杨林，生长在塔克拉玛干大沙漠的边缘，它的雄浑拙朴，它的博大深邃，是我们都市人心灵为之震颤的。

风倒木。一片土丘上的胡杨，低矮而却依然蓬勃。这个叫作风倒木的地方，曾经是一个水源充沛的河床，干涸之后，罡风劲吹，胡杨左摇右晃，大有被吹倒之势。然而胡杨即便被锐利的风，吹折了枝丫，只能低首弯腰,但根仍然扎得很深,树干还保持着一种自尊。这片独特的树木,是顽强生命的记录。然而,两个多小时的车程,神秘的黑山还没有现身。

黑山的真面目究竟何等模样?此时的谜团,就像前车车轮制造的尘雾,弥漫了我们的世界。

而沙漠,大片大片灰黄色的、一物不长的天地,已势不可挡地扑入我们的眼帘时,想象中的黑色山峦,还没有出现在天际。

黑山,多次耳闻的黑山,愈益显得神秘了。

当有人喊了一声:"黑山到了!"我们的眼睛一亮,迅即又失望地暗淡了下来,因为目力所及,我们根本见不到一座山峦,或者一长龙的土丘也好。

然而我们低首,又忽然兴高采烈起来。这眼前的地面是一片黑色,是一望无际的黑色,像沥青路面,但又不是沥青一般浓稠密实的黑,好似在灰黄的路基上,撒上了一层黑色的粉粒,而有好多地方似乎并未撒匀,灰黄依然素面朝天。

清晰的车辙印,烙印一般,让这黑山的凝重,又多了些许凝重。前面的车,卷起一股尘烟的同时,又带出了两行新鲜的车辙印,黑山的沉寂,也因此丢却了几分。

黑山,颠覆了我们的想象。

它不是巍巍山脉,或者是连绵起伏的山峦。它实际上就是一片沙漠，黄沙主宰，一眼直望到天边。只不过，它蒙上了一层黑色的面纱，朦朦胧胧，让你看不见它的脸，更无法看透它的心魂。但它又是一座山。史料毫无疑问地记录着，二叠纪时代，火山喷发，一片山丘隆起，平缓而广阔，仿佛一个偌大的山间盆地。这座山由此展开了自己奇特的景致。

当然最奇特的还是它的黑色的面纱。不是它惧怕阳光的热辣，那黑色的沙粒恰是由炽热幻化成的黑色蝴蝶，栖落在了这片山丘。

你尽可想象，雄伟壮观的火山爆发，烈焰挟裹着岩浆喷射，向天空绽放出绚丽夺目的光华，那是大地沉默已久的奔放和欢唱。喷发的岩浆又纷散在这片土丘，冷却成粒，覆盖如纱，静美似画，蔚为大观。

黑山，如此洒脱，如此冷静，又如此真实地呈现在我们的面前。

从炽热到冰凝，这是生命的一种蜕变和飞跃，而这过程，也就像这结局一样，闪烁着奇异的光彩。它给我们的人生的观照，也是奇特丰盈的。

不要以为黑山仅是如此。我们的眼睛，有时因为眼镜的有色，而产生各种迷惑。或者由于我们固有的视角，而偏执于一态。更不要对黑山陷于失望。当揭开了这朦胧的面纱，似乎黑山已一目了然，全无稀罕神奇了。黑山也许真的不过尔尔了，我们的心灵和眼睛也已索然无味了。

世界总是有令我们想象不到的精彩。黑山的神秘，在我们感到视觉疲劳时，又抖擞出另外一片晶莹璀璨的天地。在黑色的沙土中，竟有大小不一、形态各异的奇石，五彩缤纷，闪烁夺目。这就是人称黑山玛瑙滩的区域了。

在黑色浅浅、黄土显现的地方，那些色彩斑斓的石头，会惊人地出现在我们的目光里。起先是发现了至多拇指大小的碎石块，但那时得蹲伏着，目光是如饥似渴地搜寻。后来，在车上，就能看到地上散乱的奇石，花瓣一般的碎片，却依然剔透艳丽。有的则半嵌在土中，等待你去发掘。车上有防身用的铁杆，我提着，对准了轻轻一铲，石头就蹦跶出来了，哈哈，还是一块上好的奇石，玛瑙一般的碧绿。

忽然满地都是晶亮的石块。

你简直可以用手去捋，一捋一小堆。而那些隐藏在沙土里的，我以铁杆一点，它就闪笑着出现。我笑说，我这是点石成金呀。这是黑山赐予我的神奇啊。黑色玛瑙滩，让这满目的黑色，也变得更加厚重起来。

黑山，在有的人的眼里，只是乌黑一片。而黑山走一回，让我的目光也深邃许多。

春天杏花开又落

今年的春天，从上海到南疆，又从喀什到数百公里外的县城，一路奔走，来回忙碌，忽视了许多，也错过了欣赏杏花的盛开。

据说离喀什上百公里的英吉沙，杏花一片，有许多人慕名去观赏。我陀螺似的忙碌着，一直不敢奢望。只听得周边许多人说，杏花花蕊粉红，花瓣雪白，在英吉沙开得很烂漫，点缀着这个南疆小县，美丽诱人。

终于得空一瞅，是奔往莎车县的路上，英吉沙是必经之路，遂顺便造访。七拐八弯的，只看到公路当空挂着的横幅：英吉沙第七届杏花节。却见不到一棵杏花树。总算见到一片树木，花团锦簇，走上前细看，粉红的花蕊，雪白的花瓣，眼睛顿时一亮。作为向导的当地司机也断定，这就是杏花树。赶紧揿快门，多角度地留影。还凑上前去，仔细嗅了嗅，无特别的浓烈，但却有一股子清香。真感叹不虚此行时，当地一位老农却说，这不是杏树，这是巴丹姆树。有些不信，后又向另几位当地农民求证，得到的是一致的答案。至此方才明白，我们一激动，犯了张冠李戴的错了。心有不甘，又一路寻去，仍一无所获。怕耽误了公事，想舍弃了这相会杏花的念头，继续赶路。却见司机又停下了车，向路旁的一位老农用维语叽里咕噜对白了几句，脸上多了一点欣慰和自信，说，前边就有杏树了。果然，不远处，树木优雅地舒展着，杏树也一排排地站立着。兴冲冲地走近，抬头细看，却顿时怅惘之至。枝头只留下一些萎谢的花骨朵了。已不见花的妩媚和风姿了。足下则是零落成泥的花瓣，脚尖触碰，似乎有一阵颤栗滚过心头。是的，杏花已落，无可奈何，我真的是迟到了，与杏花错过。而且，这还在四月里，杏花来去匆匆，让我这历来也行程匆匆的忙碌人，顿生几分忧伤。

原来春天也是这般残酷。杏花开落，只有短短的十多天里。憋足了一年四季，最后蹦出的一缕，却是如此短促。是赞美她还是可怜她？

而开车的当地司机则是别样的心情。他说杏花谢了，但梨树还鲜花盛开。在喀什的暮春，苹果树也要开花了。虽比内地来得迟，毕竟也都如期开放了。春天，还是美丽的。

是呀，一个月前，我还写过一首《等待沙枣花香》的短诗。沙枣花可是这戈壁滩的一绝呀，现在她艳丽地盛开着，真是一件多么美丽的事呀！我的心情随之也愈来愈明朗起来。

花开花落，日暮朝夕，此起彼伏，生生不息。不以物喜，也不因己悲。用淡泊的心去面对世上的万物。人生不会都是春天，是春天也会有阳光和阴影。一切看开，或许眼前也会更加灿烂。

今春杏花告诉了我这一切。我向杏花真诚地一拜！

亲近沙漠的履历

一直为自己的履历存有某种骄傲。又觉得，人生应该还有一种阅历。那是一种视野，一种历练，一种冲击心灵、激发心思的放眼。

踏上沙漠的那一刻，我就被震撼了。我忽然为自己的履历感到害羞。

是的，谁都太关注那一纸履历了。那已然是一种狭隘的城市路网，将当下的国人紧紧束缚住了。眼睛也就只认定惯有的途径和空间了，心域也只囿于这一方天地了。

沙漠。这旷古的无垠的世界。这曾经充满生命，抑或海浪翻滚的世界。今天虽然已凝固沉积乃至轻飘的沙尘，却仿佛车水马龙，人声鼎沸，风云变幻，深邃曼妙，真是令人遐思绵绵。亲近沙漠，是亲近历史，亲近哲思，亲近人与自然的惺惺相惜，也是亲近蛮荒与文明的更替和嬗变。

风蚀劣地，荒脊沙丘。呱呱坠落的第一站，是繁华摩登的都市，是鲜花烂漫的南城，是依偎万顷湛蓝的渔乡，是树木葱茏的山野……对眼前的景色，失语、失声、失聪，甚至失魂落魄？反正，我的脚踝已沉没于沙尘，我耳鸣一般嗡嗡直响，我对沙漠的营养严重匮乏，灵敏的心脏一定是嗅到了它的芳香。不啻是我，时下，该有多少人在这飞沙走石、凄清天边的沙漠里，可以找寻一种急需的滋养。一种能让神经坚强，能令眼睛炯炯，能使心灵在沉重中寻觅天堑变通途的豁亮。

没有亲近沙漠的人，不会有真正的深刻。即便领悟了一种深沉，也是色调不匀，质地不纯的。

如同在城市待得太久的人们，大多见过蔚蓝的大海，却更多未曾亲近沙漠。即便与大海走近，也多半是戏水踏浪，浮光掠影一般。去问问那些在大海里经历过风浪的出海人，那种感悟带着腥味，更带着一种颠簸之后的从容。倘若你亲近沙漠、深入沙漠，你更会大彻大悟，无声胜有声，空旷更丰涵，看似寸草不长，苔藓均无，却有生机顽强勃发，生灵执拗存活。这地球的意志力，若凡人能采补一缕，便堪称仙风道骨，人中豪杰了。从此会带着大智慧，面对人生，淡定自若，步入超凡脱俗之境界。

沙漠有坚韧的胡杨，有妩媚的红柳，有卑怯的骆驼刺，也有依附在胡杨上的蘑菇，红柳足跟下的沙漠人参。沙漠更有滚滚尘土，无声的荒凉，千古的寂寞，神秘莫测的明天和未来。它是大千世界的一部分，是地球母亲愚顽的孩儿，凝视片刻，心中都会掀起万顷波涛呀！

沙漠的植物，茎和叶脉都积贮着水分，它们的根系直抵大地深处。它们在干旱和盐碱中，生生不息。有一种巨人柱仙人掌，它喜居美洲大沙漠，寿命长达200年之久。还有一种叫梭梭的灌木植物，挡风固沙，被誉为植被之王。我们如同从天而降一般，凝视着它们的我们，该作何想？

世界的石油，大多都蕴藏在沙漠底下。它们是现代人类的特殊血液了。有人断言，新的世界大战必然由石油危机引发。且不论此说真伪，就凭着沙漠的矿藏，我们也应该设置一种程序，让狂热的冲动到沙漠深处作一番自然的冷却，并转化成对大自然的馈赠的虔诚和感恩。心智，因此会成熟起来。

沙漠正在海水退潮一般的扩大、蔓延。伫立在沙漠之中，我们是想凭吊今天还是未来？如果真有球籍之说，就从娃娃抓起，让他们在幼年就一睹荒漠，在他们沙漠一般的脑海中，植入警醒和防范，根深蒂固，去关注沙漠。在他们的成人礼上，树繁叶茂，像那些植物一样，滋润并鲜活着沙漠，否则，球籍剥夺，更不配在绿洲尽享所有。

有一位女孩，常背起行囊，随志同道合的驴友们，去穿越茫茫沙漠。很难想象，这样一个文弱的女孩，有这样的勇气和心智。她在向我们讲述亲近沙漠的故事时，始终是神采飞扬的，那双眸子出奇的晶亮，仿佛被沙尘过滤过了一般。我不知道她的工作履历。但我相信，这沙漠的履历，是她人生一笔巨大的财富，将伴随她，并让她始终以此为傲。我们背后都称她为"沙漠游侠"，这是一种昵称，更是一种尊称。

这一年多，我也走近了沙漠。塔克拉玛干沙漠，世界第二大沙漠，这古丝绸之路曾经穿越过的地方。我只是在边缘徘徊，还未能深入前行，却已发现自己真的来迟了。我几乎差一点就与沙漠失之交臂了。我所谓丰富的工作经历占去了我太多的光阴，占据了我太多的思维空间。我几乎一贫如洗，对于沙漠、对于浩瀚无边的地域，对于亿万年前承载过人类文明的这片广袤的土地，拥有并又失去了文明的地方，是一个巨大的最为生动的课堂，渺小而无知的我，如一星沙粒，太微不足道，也真正懂得自知之明的真含义。我跌进了沙漠，几乎迷失于沙漠，却找回了一个真实的自我。这就是沙漠在我亲近它之后的一个馈赠，这种馈赠也让我过去的那一份履历贬值许多。失去与获得在这里奇迹般地交替出现，失去，有失去之得，收获，有收获之失。得失已不是文字可以表述，它在心里膨胀发酵，再造了一个崭新的自我。

倘若你教书，沙漠一定会是你实在丰盛的文库。倘若你从商，那一种铜臭气在风沙席卷中必定消散溃败。倘若你作文，你的文章会多一份豪气和雄迈。倘若你为官，你也会把权势看得很轻，而把人生看得更重更清。

这样的履历，又岂是某些职业和岗位能够轻易替代？

都去增加一份这样的履历吧。在你还年轻的时候，请迈开腿，走近沙漠，亲近沙漠，捧一掬沙漠的土，嗅一下不死树的根，你定然元气充沛，可以大踏步走向未知的明天！

遥望三仙洞

在喀什市北郊,有一个颇有名声的三仙洞。某日空暇,萌生拜望之意。询问当地朋友,都说无法登临。愈是如此,愈是想一睹为快。

出了市郊十多公里,进入柯尔克孜州阿图什境内,车子从314国道拐入了一条尘土飞扬的土路,不久就看到对面山崖陡峭平直,犹如人工修筑的防洪大堤,与我们遥遥相对。中间数百米低谷,是干涸的恰克玛古河床,自冰川融化的河水现已改道,但当年汩汩奔流的喧闹之声,似乎仍在耳畔。虽然此刻静寂无声,那种宽阔、空旷的天地,却有难以湮灭的记忆。

车已无奈熄火,因为这二十多米深的河谷,缺少通畅易行的坡道。我们干脆就止步了,在这山路的一头,隔谷遥望那一边的山脉。这是天山支脉,由西向东延展,而到了这一段,山舌一般的绵长,东端已平缓柔和,而中间部分则突兀耸峙,峭壁,如同刀削,这真令人甚为惊叹。

大自然的造化，总是创造出不可想象的奇迹。

经当地朋友遥指，才看见了三仙洞。它们在半山腰间，俨然三户门洞一样并排，感觉得出它们的幽深和庄严。如果没有任何特殊工具，是绝对无法登临进入的。朋友在文物局工作，他说曾经想用消防云梯攀入，但云梯也够不上它们的高度，只能悻悻而返。考古学家则是通过从山梁上悬下绳索，缓缓下移，才得以进洞的。绝大多数的游客自然是望洞兴叹了。

朋友说，当年修建本意未必如此，只因上千年的河水冲刷，这支脉才愈见陡峭和高峻，也意外地保护了这三个洞窟，增加了它们的威仪。他小时候曾在岩壁下往上攀岩，借着山体的凹凸，成功进入了洞窟，而现在，则是难上加难了。

三仙洞内究竟有什么呢？还是顺道入洞的考古学家揭开了谜底。三洞相连，各有前大后小两室，里边中洞为后室，尚存一尊坐佛，无头，佛身彩绘已然剥蚀。西洞不见实物。而东洞则令人眼界大开，坐佛栩栩如生，光环耀人，洞壁四周的佛画像，也足见功底。

这洞窟历来是佛家僧侣隐居修行、逃避世俗之处。佛画洞窟的开凿和构建，也是小乘佛教的一贯传统和特征。这三仙洞也无疑证实，上千年前，佛教之兴盛和影响深远。玄奘西天取经时，也曾拜谒三洞。国内外一些旅行者和考古学家，如英国的斯坦因等，也曾在洞壁上留下"到此一游"的印迹。

我自然无缘深入,但幸得朋友指点,也可想象出其中一二,至少不至于像清朝的一名叫苏尔德的官员,自欺欺人,未能如愿深访,却妄下"亦无甚异"的结论,贻笑大方。

我在数百米之外的山坡上遥望三仙洞,其实是向三仙洞行长久的注目礼,这是对历史文化的敬仰,也是对喀什这片天地的眷恋。

在这片土地上,还有多少奇迹,正在悠悠地发生呀……

认识巴里坤

早就知道巴里坤,那时写过一篇文章,题目就叫《巴里坤的马》。说当地人驯养骏马,在市场上出卖,数日后,那骏马会从买主处悄然逃脱,又返回巴里坤的卖主处。巴里坤的马的灵活,恰是表明巴里坤人的狡诈。

我那时只是从资料中撷取了这一现象。巴里坤其实离我很是遥远,也相当陌生。那巴里坤的马,我也从未见过。

百闻不如一见。及至我走入了巴里坤,这状如"虎腿"的天地,见识了这芳草碧连天的葳蕤的大草原,那古城遗址,古老的山水,古朴的风情和人民,还有古董级的骏马,我才发现巴里坤的宏阔,发现我的孤陋寡闻。

巴里坤的草原苍茫如海,一望无际。那泛滥漫溢的绿,在天山东麓铺展开来,像碧波荡漾,又似平坦如画的硕大地毯。它又一直渗入了山坡的松海，仿佛与莽莽苍苍的林涛血脉相连。这种清澈的碧绿，清新而又热烈，让我们大都市出生的人，如饥似渴，肺叶也似乎在颤动，那是久旱遇甘露的激动。

黄色的、白色的、紫色的、粉红色的野花点缀其间，水粼粼，宛如游走的精灵。白色的毡房，净洁又富柔情，在绿色的衬托下，温馨地绽放。这样一幕瑰丽的景色，怎不令人心旷神怡，忧愁皆忘？

推开窗户，就能望见茫茫草原，这不是夸张的赞辞。巴里坤新城如此，我所住的蒲类海酒店更是如此。这个离城市最近的草原，名不虚传。

蒲类国，曾经就是当年西域三十六国之一。而蒲类海指的正是这一片湿地，也有称它为草湖的。这是巴里坤大草原的核心，大约有80万亩之多，而整个巴里坤大草原，面积达到1 600多万亩！巴里坤全县面积为3.7万余平方公里，相当于六个上海了。就其面积而言，大都市，应该称为小上海了。

难怪我深居都市，想象受限，对巴里坤也就如盲人摸象了。

到了白石头景区，眼前忽然豁然开朗，两边的大草原绿茵茵的，铺展开来，与远处的山川相接。毡房朵朵，一字排开，如花盛开。关于石头的故事听来有点做作。

阳光刚才还躲在云雾里，穿过云雾的光霭似瀑布一般，直流而下。现在太阳已跳将出来，眩目刺眼，辉煌地燃烧，大地也亮堂起来。两侧的云，像仪仗队伍，在天际悄然不动。草地间或还有几片偌大的油菜花,竟黄得晃眼,在阳光下,有喧宾夺主之感。绿草是基调,偶见野花蔓长,在风中摇曳。风力不小,气温又比市区低了十多度,站了三四分钟,风将发丝吹乱,也让我们感到冷意萧瑟。在草原上的阳光毡房里用晚餐。玻璃房,毡房的形状,室内用薄纱帘拉了一圈,倒也简洁明亮。还有一个硕大的玻璃毡房,里面是地毯和沙发坐垫等,具有哈萨克族的风情。

吃了晚餐后在木栈道上行走,差不多十点了,天已昏暗,比喀什此刻的夜晚,要浓黑得多了。但见西边的天际,还有一块火烧云,天色绚丽夺目。环天际还有一缕黑色的云带,像极了在灰蓝底色上的泼墨,如行云流水,飘逸娟秀。

在长2公里的湖滨路上散步,这海拔约1 700米的草原古城,将独有的幽静和闲适镌刻在我们的记忆中了。

巴里坤历史悠久。据考证,六千多年前这里就有人类居住。秦末至西汉年间,它作为古丝绸之路北线的必经之路,丰盈富足,水草丰美,引来各方关注,也成为兵家必争之地。这里金戈铁马,战鼓声声;这里鲜血涂地,也英雄辈出。许多著名的将领,比如霍去病,比如薛仁贵,比如巾帼元帅樊梨花,都在此建功扬名。

鸣沙山并不少见。但此处的鸣沙山,曾展露了飒爽英姿,樊梨花麾下的女兵营英勇地战死于此,一曲铿锵玫瑰,让人动容。

古人有诗曰:"雾里辕门似有痕,浪传四十八营屯,可怜一夜风沙恶，埋没英雄在覆盆。"悲壮之意融化于字里行间。

清代粮仓保存尚好。土木结构，墙厚一米余，冬暖夏凉。我在粮仓伫立，既感觉粮仓之坚固宽阔，也想象着当年巴里坤的富饶和重要，有粮在此，乾隆皇帝高枕无忧了。

翌日，又在古民宅王氏三槐堂园一坐。此园已距今二百多年，自建筑以来，已住十二代人，历经风雨，还曾遭遇过1842年和1914年两次大地震，均无毁损，至今完好。与80岁的主人王善桂老人合影，老人慈眉善目，微笑谦让，拍完后嘱咐寄上照片，他要放大，悬挂于老屋。吾本无足轻重，老人予我尊重，也可见其家风之淳朴。门楣上有一副对联，是其弟手笔："创业维艰祖父倍尝辛苦，守成不易子孙宜戒奢华。"

巴里坤历来重学崇文，与当地人一议，也颇感底蕴深厚。

对于巴里坤的骏马，我更是有了重新认识。它是新疆三大名马之一。在当代，曾经建有军马场，这里的马曾经出征疆场，最近的当属20世纪70年代末的对越自卫反击战。早在新中国成立初期，还有一匹马独自上下奔波，冒着战火，为山上的部队输送给养，也是军中被授予三等功的第一马。巴里坤马之英武和忠诚，由此可以领略了。

我对巴里坤的马，也从此刮目相看了。

认识巴里坤，从一匹马开始。巴里坤的天地，辽阔深厚，回味无穷。那么，这世界还有多少我未曾涉足、未曾深入的地方，我岂能再随意点评甚或指责呢？

沙漠公路之旅

在南疆工作过三年多,有过好几次沙漠公路之旅。从阿克苏到和田,就是其中难忘的一次。

先从阿克苏市抵达阿拉尔市。阿拉尔市是兵团建设的一个新城,塔里木大学也位居于此。小城新建的痕迹明显,道路宽敞,新楼林立,商铺成排,绿树成荫。只是在尘沙之中,显得灰蒙蒙的。

作为援疆干部刚抵疆时,就去过三五九旅成垦纪念馆,记忆犹新。纪念馆建筑像正绽放的花蕊,设计出自法国夏邦杰设计事务所。入口处,两壁和地面,都以文字和图表等方式镌刻着农垦历史文化等。而馆内的展示对于全面了解这支部队及其兵团建设,甚有效果。从1961年到1966年,由上海支内青年、学生和技工等组成的兵团农一师的人员达4.6万多人,也是沪疆情深的一个标志。这是值得一看的展馆,可惜能来此参观的上海市民不算太多,倘若将此展览安排在上海巡展,影响和作用一定不可估量。

穿越世界第二大沙漠塔克拉玛干大沙漠，总是令人向往和骄傲。这是我第二次穿越，当然不是徒步，是车行，但同样让人兴奋和期待。从阿拉尔进入不久，首先映入眼帘的是星散在沙漠的胡杨，在起伏的沙丘上各自展示着自己的芳姿。路旁的标牌上写着：古叉河胡杨。

在210省道375公里处，我们一行果断下车。越过芦苇秸秆固沙的区域，踩踏着松软的细沙，深一脚浅一脚，登临一个又一个沙丘。风景渐佳。又登上一个更高些的沙丘，自然形成的浪纹，一波又一波地延伸，纹理清晰而柔美，令人不忍涉足。而散居的胡杨，则以一种千年凝铸的风韵，无言地向我们投来淡然的目光。渺无边际。那沙、那树、那天地的悠远。

当天是浮尘天气，在沙漠腹地，天幕灰白，沙丘米黄，胡杨淡绿，道路浅黑。连绵起伏的沙丘，星星点点的骆驼草，也许在许多人看来，单调、枯竭、了无生机。然而这一切，自有无限风光，在深爱大自然的人的眼中，更在他们的心里。

沙丘细软，一足陷入，沙粒侵入鞋袜，一时无法清除。而风吹刮而成的沙丘陡坡，也是一绝，坐卧崖顶，是难得的佳景。

忽见不远处一股尘云由地腾跃，还在轻飘移步。乍看以为狼烟，实乃龙卷风吹起了尘沙，展示了魔力。前些天，也看到沙漠遥远处尘沙烟直，还闪烁着光亮，神光一般，当时也不知为何物，还不无惊叹。原来都是普通的物理光学反射。

深邃广大的沙漠,亲近你,是一生之必需!

全长430公里的阿和沙漠公路,全线手机信号基本未断,但微弱之处,几无反应。3G铁塔隐没在远处的沙尘之中。约在路标为460公里处,还设置了休息处和加油站。一路无忧。

不惊不险,我们也领略了沙漠的魅力,应该感谢为此作出奉献的人们!

不是夏日,已觉燠热。车停路边,我操刀分瓜,众人大快朵颐,暑热顿逝,疲累即消。

沙漠之旅,感觉发间、鼻腔和嘴里,都是沙尘,同行者一到宾馆就快活地冲洗了,洗却尘埃。我一忙,没时间了,晚餐时间到了。

北京援疆指挥部的卢总、王总接待了我们,很是热情。北京援友中有两位剃了光头,都是来新疆之后"剃度"的。其中一位告诉我,他本来只是前额稍秃,来此之后,"荒漠"迅速蔓延,干脆全剃了省事。

看来,与沙漠化的战斗,不仅发生在土地上,还发生在我们的脑袋上,艰巨而且并非一朝一夕,要以建造沙漠公路的意志,杀出一条捍卫生态的血路来!

初访瓦罕走廊

早就耳闻瓦罕走廊的大名,多次登临塔什库尔干,却未曾一睹。趁着小长假,有点时间,想探访一个究竟。当地一个部队干部来当向导,人挺热情,可是他多年没去过那儿了。我们得在正午前赶到卡拉库里湖,去同另一拨人会合。

沿着314国道,也即著名的中巴友谊路,车驶得平稳而迅速。很快见到一个路牌,发觉瓦罕走廊与红其拉甫是同一方向,而且路牌最上方标署的是瓦罕走廊,可见它要比红其拉甫更近一些。

实践证明,司机的信息比较准确,走了三十多公里,就见到了一条岔道,它向着右前方的冰山伸展,路口的标志十分清晰:卡拉其古。"卡拉其古"是塔吉克语,意指"黑洞"或"咽喉"。它就是瓦罕走廊的入口了。这个名字让人感到了神秘莫测。也许,这个山谷的风口,确实有过艰险和奇异吧。

车子拐上了一条砂石路,颠簸着前行。没几公里,就进入了卡拉其古。两边的山峦就像双臂一样展开,像是要拥抱着我们。我们顺利通过边境检查站,向走廊深处进发。

这一路两边都是冰山绵延。较低处则不见冰雪,裸露着灰土色的山体,间或还夹杂着带有鲜艳色彩的部分,那红色的该是铁矿石,那绿色的则是铜矿石了。山体之间最窄处超过一公里,大多在三至四公里宽,谷底平缓。除了这条据说前几年才筑就的砂石路,多半是乱滩洼地,一河漫淌的水,由西向东流入,此刻却凝结成了雪原。

抬头望前,白雪皑皑的冰峰横空出世,峰峦叠嶂,仿佛横亘眼前,插翅难飞。但往前行驶,山峦两边渐渐闪开,砂石路依然在脚下延伸,乱滩和冰河也相偕同在。

这瓦罕走廊的右侧是帕米尔高原,联接的是塔吉克斯坦,左侧是兴都库什山脉。那边不远就是巴基斯坦控制的克什米尔地区了。由卡拉其古向前75公里,就有我们的一个边防连驻扎。再往前一点,出了国境,就是阿富汗了。

这也是中国与阿富汗唯一接壤的地方。

依我看来,瓦罕走廊的名声主要有两点。

一是它的人文历史。在卡拉其古一个平地上,矗立着三块一字排开的石碑,分别标示了这里是东晋高僧法显、大唐高僧玄奘、大唐和尚慧超等三位名僧的经行处。这里确实是华夏文明与印度文明的交汇处,也是著名的古丝绸之路重要的组成部分。当年，三位高僧西天取经，都在此留下了足迹和墨宝。法显的描述大约可以诠释卡拉其古之名，以及这莽莽山域的险恶："上无飞鸟，下无走兽。遍望极目，欲求度处，则莫知所拟，唯以死人枯骨为标识耳。"

二是它的地理位置。此乃世界海拔最高的陆地边境之一。它在阿富汗境内长约300公里，在中国境内长约100公里，是天然的中亚陆路通道。美国人最盼望中国能够给予他们支持，开放这个通道，以便他们和北约部队安排补给。当时阿富汗战争激烈时，此说法喧嚣一时。

鉴于这两点，瓦罕走廊引人注目。

贫瘠的土地，却充满神奇，原生态的物象，也昭示着一种纯净。

在314国道的40公里处，还有一块"玄奘取经东归古道"的纪念碑。只因向导不知，电话咨询又阴差阳错，我们在32公里处便打道折回了，不久得知，便生出遗憾。倘若再驱车8公里，就能目睹这一纪念物了。

车回到卡拉其古，顺便在驻守这里的边防某部参观，29岁的小刘连长陪同。他从西安陆军学校毕业，就待在这里了。这里海拔逾四千米，供氧设备和其他生活设施一应俱全，大棚菜蔬也达到了十多种，条件已大为改善。但，在此坚守数年，只有身体力行，才会深知其中艰难！

我赶紧从车上拿了几本自己的作品集，赠送给他，略表敬意和慰问。我和他们一样，同在这片中国最西边的土地坚守，有点惺惺相惜。

今天正值清明，小刘连长说他们刚从烈士陵墓处祭奠回来。我连忙问，这里有烈士陵园吗？小刘回答我说：那是为建路牺牲的十位战士的墓碑。我问过去多远，他说得二三十公里。我盘算了一下时间，只得放弃了。

初访留下了诸多遗憾，也许遗憾的发生，正是新一次造访的发端，我心境顿时也清明起来，那里有我再访瓦罕走廊的念想。

戈壁深处有人家

一

我是在初春三月，去踏访这一处古村落的。此时，杏花已爆出嫩芽。喀什的天空，总是氤氲着浮尘，轻云淡烟似的，梦幻一般，缭绕不尽。

从喀什驱车一个多小时，到达水波不兴、浩渺静幽的英吉沙水库。又从水库再出发，穿越英吉沙县城和若干乡镇，在镇上的十字路口，人、畜、车挤挤挨挨，一周一次的巴扎节，让这里格外喧闹，我们的行进有所粘滞。但拐向一条盐碱土路，即便颠簸不止，但车子仍像一个顽皮而带有蛮力的少年，欢快地向前飞奔。

这一路只见戈壁，苍茫无垠。泛白的盐碱，一如大海的涟漪，目光所及，随时可见。连戈壁滩的俊儿——芨芨草和骆驼刺，也偶见身影，孤苦伶仃的,似乎是无奈地守护着这片不毛之地。

当地引导的车辆先停下了。跟着下车,眺望远方,才依稀看见远处的土坡上,有一片低矮的屋子。灰扑落拓的,粗看就像一排土墩。大约,这就是早已耳闻的古村落了。这也是我们这一行的目的地。

走近这一高地,却发现影影绰绰的,像是有人。仔细再瞧,果真是人。活生生的,是一个扎着头巾的老妇人,还有一个小不点儿。再走近,又见到好几位,原来这都是土坯房,还住着人。

这土坯房据说也有半个世纪的历史了,裸露的土块都是就地取材,用的是取之不尽的盐碱土。多少年的风雨,已让这土墙坚如磐石。

几棵沙枣树,在庭院挺立。虽枯枝无叶,但树叉虬曲苍劲,也在无声地诠释着生命的沧桑。

同样沧桑的还有老妇人的瘦削的脸。里屋赤脚走出的男主人,也是黝黑精瘦,岁月在他脸上刻下了深深的印记。

二

男主人78岁了。他生有9个孩子,有2个已经夭折。

我们参观他们的居室。一个偌大的客厅,一角置放着一张土炕。土炕是他们休憩吃饭的地方。晒干了的芦苇秆铺了一地,一个年轻的妇人,埋首在编织着,一张芦席已大半成型。

蓦然抬头,见那梁上竟结着一只燕巢,再定睛留神,五六只燕巢一字排开,别有洞天,安静而温暖。主人说,他们任它们在这里栖居,从不打扰它们。燕子们来去自由,寄人篱下,却绝无屈尊抑或压抑受辱之感。

一进里屋,就有一股凉意,比屋外略显凉快。主人说,这屋子冬暖夏凉。幽暗的土坯房,土坑占去一半,一堆被褥,闪烁着艾德莱斯的一种晶亮,蛰伏在土坑的一隅。火炉带锈的铁皮管,柱子式地顶天立地。除此之外,屋子里几无他物了。

从高高却狭小的窗口,透进一缕光线。在微弱的日光下,我瞥见对面墙上挂着一只包,是女式坤包,依稀是橘红色的,设计很新颖,装饰也很时尚,此刻,它就像一个高傲而宁静的公主,缄默着,淡然地注视着我们。它的主人应该是一个具有憧憬而且爱美的年轻女孩吧。

谜底并不难解。里屋还有一个小间,愈发的幽暗和静寂。一个女孩低着头,在轻轻摇动着一个竹篮似的东西,聚精会神,又充满温情。原来这是主人的小女儿,那竹篮其实是摇篮,里面躺着她刚满月的孩子。按照当地的习俗,女孩坐月子,是要回娘家的。那婴儿的气息,让这屋子显得生动活泛起来。

把心爱的坤包挂起,为的是把自己更多的爱像乳汁一样,滋养这心肝宝贝。这是女孩一种母爱的选择吧。

三

东边数十米处，还有一个土坡，也聚住着十多户人家。56岁的依提尔江倚靠着一截土墙，一副很清闲的样子，与我们交谈着。他的衣裳陈旧，也沾满了土灰。瘦高个，胡子拉碴的，比实际年龄显得苍老一些。他光着脚丫子，踩在地上，陷在虚土里。说话时，时不时搓着脚。

他的20多岁的儿子也一样瘦高，但他只会说"阿Kan"两个字，意思是哥哥。这让我想起台湾电视剧里那个叫哥哥的傻小子。乡书记小耿在一旁说，他就是一个傻子。他爸妈近亲结婚生下了他。

依提尔江还算健谈。他说他待在这儿，也有三十多年了。小时候曾搬出去住过，后来还是回来了，还是这里住得习惯了。

我说乡镇的交通、生活毕竟方便多了呀。他说："那边太吵闹，烦心，这边安静，安闲，想干什么就干什么，省心多了。"

那羊肉和菜蔬哪去买呢？他说每周赶一次巴扎。今天就是乡里的巴扎节，不过今天没去。一般每周吃一公斤羊肉。

他说他曾经生有8个孩子，死了5个，活着3个。

他去过叶城、莎车，也到过喀什市，但从未走出过喀什地区。我问他，听说过上海吗，他点点头，说知道，但不知道究竟是个什么地方。

他家有电视机。政府也派人来为他们安装了收视系统。但这里采用太阳能制电，功率很微弱，以提供照明为主。灯光也闪烁不定。要看电视，就得放弃照明。所以，电视机多半就是一种摆设了。

他养了十多头羊，几头牛，日子过得还不错。那些羊们、牛们像这里的居民一样悠闲，在村子里自由晃荡。

说话间，三匹黑马旁若无人地，从我们身边穿过，踢踏起一阵轻尘，扬尘朝我们扑来。

四

井，是村庄的眼，生命的泉眼。又像是树根的年轮，也是最富内涵的诗眼。

全村就这一口老井，位于村庄的心脏。据说有六十多年了，终年不竭，水溢井沿。一村所有的人，所有的牲畜，饮用的，都是这口井里的水。

井口直径不到三尺，井深也不过三米见底。井水是清澈净洁的。我掬了一口品哑，凉爽微甜，喻为甘泉，不算过分。

这里所有的水洼湿地，水都是又咸又涩的，经常饮用，就会因碘过量而染上一种俗称大脖子的病。现在，谁都不会喝这种水了。不过，我的同行发现有一户人家，还在用这盐碱土熬制盐巴。于是困惑顿生，是经济拮据，食盐不够吃吗？乡干部说，不是的。他们在烤馕时，用这盐巴涂抹一些在馕坑周壁，可以粘住馕饼。

井是至高无上的。全村的人对这口井，也像维护自己的眼睛一样，维护着它。

它是全村最整洁之处。砌筑了围栏。围栏是钢铸的，是村里最坚固的设施了。

这只眼睛，从来都是晶亮晶亮的，也昼夜注视着村庄，仰望着天空。

五

虽然在戈壁深处，这片不足一平方公里的土地上，却有着与周遭不一般的神奇和灵气。

几大片湿地天然形成，芦苇丛生，积水如潭。据说这水是地底下的盐碱水汇集而成。多少年潜滋暗长，出落成一个个宁静的处子。水碧绿清澈，有细长的野鲤鱼洄游自如。

这是一个奇迹。也就是这片土地水草丰茂，胡杨、柳树与沙枣树，散落在村头屋前，依然随季节而变化，蓬勃着，生存着。

我站在高地上俯瞰，那阡陌田埂上，白鹅成群，或欢快地奔跑，或凫游水面。那一片祥和里，浸透着诗情画意。

大自然赐予这里的人们，一块世外桃源。

是的，我心里视之为一片净土，一个这世上已难以寻觅的世外桃源。

即便这里还有诸多不便，与时代太多脱节，有些愚昧，也会令人皱眉。

但居住在这里的人们，心是安定的，生活是清闲的。随行的派出所所长告知说，这里从未发生过什么治安事件，连家庭纠纷，似乎也未曾听闻。

他们也许并不富足。以青杨树的树干肩起的一根长长的电线，因为发电机年久失修，也已废弃。穿越村庄的感觉，也显得孤单而且落寞。

他们与当下很远。

但与现实愈近，难道不是愈浮躁，愈聒噪，也愈烦恼困惑吗？

每个人自有自己的活法，世界因此绚丽多彩。也许只有找到自己心有所依的地方，才是人的最温暖的故乡，心灵的最实在的天堂。

不远处，一片宽阔的空地，上面一溜土堆，已盐碱深重。这是古村落真正的遗址了。上千年来，人们世代居住在这里，即使戈壁依然是戈壁，他们的根也在这里。

就是再时尚的诱惑，也都是难以转变的。

告别村落时，我与那个五六岁的小不点儿合影，他腼腆着，舌唇舔弄着脏兮兮的小手，而他脸上流淌着的是快乐的笑意。

我敢肯定，这是世界上最为纯净的笑脸。

向天山神木致敬

想象中的南疆，该是满目戈壁、荒漠、土丘。即便是绿洲，想必也疏疏朗朗，星星点点，难成气候。但到了温宿，即阿克苏境内，走过大片的沙漠，走过零星的村落、墓地，就看见前方一个绿色世界，横空出世一般，令我惊愕许久。这就是闻名遐迩的天山神木园吗？

走近神木园，更觉得这片园林的非凡和奇崛。迎面一棵银白杨巍然挺立，雄奇壮美，绿荫如盖，枝干壮硕，竟已有1 000年的树龄，我真不敢相信。不敢相信的还在继续。一棵山柳，几乎已倒卧在地，扭曲变形，却依然又衍生了四棵树干，构成了一个门洞，宛若一道人生的门槛，跨过去，就是豁然开朗的新的天地。一棵青杨，风雨剥蚀，浑身苍白，虬结交错，古朴瑰丽，有五处枝干柔韧地相连，很自然地形成了"五环"，环环相扣，令人叹为观止。再看一棵古树横躺着，根部已全部裸露，呈奄奄一息状，树干龙蛇一般，却在那头蓬勃地生长着，原来它的树皮担负了根的使命,汲取了水分,喂养了那一脉树干。还有一棵"母亲树",自己彻底倒下了,但硬是又绽放了三枝树干,茂密葱茏,直入云耸,俨然母亲竭尽毕生心血,用伟大的母爱,在托举着自己的孩子。这让我想起了汶川地震的那一幕:废墟下,人们终于挖开了沉重的水泥板,发现一个年轻的母亲用身体呵护着自己的婴孩。婴孩酣睡着,而母亲早已仙逝,步入了天国。她以自己的生命,换来了孩子的新生!

在这占地600亩的土丘上,这样的形态各异的奇树目不暇接,这样存活了上千年的古树竟有上百棵之多!要知道,这并非江南,即便江南,也难以找出这一片神奇的的园林。这些树或者将军般的威严,胸口中了箭似的,仍直挺挺地站立着,凝然不动,或者匍匐在地,危在旦夕,却往往绝处逢生,向天穹昂首。它们或独木成林,枝繁叶茂,或相互依偎,情深意长。它们形态各异又神态相似,曲折盘旋,但不失魂魄。它们在荒漠戈壁中书写着大自然的造化,乃至生命的顽强。是的,是顽强生命力的最典范的再现。在它们的履历中,一定经受了太多的磨难。风沙、冰雪、干旱和人为的浩劫,如此种种,也消磨不了它们对生命的追求,哪怕一息尚存,都要展示自己的阳刚,让生气勃郁,也令天地侧目。

传说,公元11世纪,一批伊斯兰教徒在一位名叫苏力坦库什赛依德的阿訇的率领下,经印度踏入中国西域,后因战争败退于此。苏力坦库什赛依德用手杖插地,所插之处,泉水汩汩奔涌。他一连插了十几处,十多处泉眼淙淙流淌。后来,他们都埋葬于此,形成了高出地面几十米的麻扎,即墓葬地。从此,这里芳草萋萋,古树悠悠。在这维语所谓"色日克维都",即黄色的土地、不毛之地的地方,创造了奇迹。

是的,我敬畏和钦佩这些古树。未见他们怨天尤人,也不闻它们哀鸣悲嚎,它们始终缄默,历经再多苦难也不呻吟。它们不屈不挠,与恶劣的环境抗争,以赢得一份生存和灿烂的权利。

树犹如此,人何以堪。

这些杨树、榆树、柳树、白蜡树、剪梅,还有我叫不出名字的树,我向你们致敬!你们让我一个人到中年的男子汉,再次懂得了什么叫生命、什么叫意志!

在天山托木尔峰南侧的前山区,经温宿县吐木秀克镇,一直走下去,你会见到那块高地,上面有我敬仰和钦慕的树,它们是大漠之魂,是天地之魄!

鹰笛嘹亮

我能再会喀拉库里湖和慕士塔格峰,又一次登上塔县和高原第一哨所红其拉甫,这是一种幸事。我心底里还久存另一个美好的愿望,期待能真正目睹鹰击长空的雄奇画面,谛听鹰笛嘹亮而又华丽的嗦哨。据说,金秋十月,是鹰展翅翱翔的最佳季节。

这竟不如人意。先是一位重要同伴因家有变故,不得不临时返回。尔后,快到红其拉甫边境时,冰雪珠子就砸了过来,到了红其拉甫,则是漫天飞雪,周遭迷茫一片。我们有备而来,穿着厚厚的羽绒服,但在山上稍站一会儿,还是浑身颤栗。

在第七号界碑,巴基斯坦的哨兵也会走近,所有游客都可以毫不顾忌地邀他合影。今天弥漫的雪花,已容不得我们这么潇洒轻快。在界碑前匆匆地留一个影,我们便迫不及待地钻进了车内。这海拔五千多米的高原,因为缺氧本已让我们感觉头重脚轻,双膝软弱,加之这样寒冷,也就愈加让人不堪承受了。

塔县县城也是奇冷。才过傍晚，街上早已行人稀落。我们只得躲进宾馆，闲聊喝茶。

翌日上午，阳光朗照，我们抓紧下山，也未能见到一只鹰，或一声响亮的鹰笛。

诗，我也只随意涂抹了两首，有点羞于见人。我想起前年第一次做冰山上的来客，回喀什当晚，八首一组塔什库尔干的诗作，在一个深夜喷涌而出，《新疆日报》和有关文学刊物也迅速刊登，当时我的感觉真是够爽够带劲的。其中一首，广东音乐人广平兄即刻发来短信，他主动要为之谱曲，在我首肯后不久，曲谱就送我了。旋律相当优美。在我这次登塔之前，他又将精心配器并录制的CD版的歌曲及时发给了我。我听了数遍，心潮澎湃，高亢激越而又深情明亮的歌声，在我的耳畔和脑海，久久缭绕，仿佛神奇的鹰之身影，就在我的身边回旋。

下山后，我们稍作休憩，便受邀来到了居住在喀什海关家属楼的一户塔吉克族人家。这户热情、淳朴而又开明的主人，很快让我们的身心又登上了500多公里之外、3 200米高的塔什库尔干，关于塔什库尔干和塔吉克民族的神秘面纱，也缓缓揭开，我们走进了塔吉克族人的那一片神秘的天地。

主人阿曼姑丽，曾在北京大学深造，说一口流利的普通话。她学的是波斯语。她说塔吉克族只有语言，没有文字，四十余年前一阵子有过文字，但被维吾尔文字涵盖了。塔吉克族在油叶上记录的历史，一直沿用的是波斯文，她说她当年的同学，大都出国或在京工作，她回来了，虽居住在喀什，但每年至少都上山去一次，那里有自己的亲戚，还有父母双亲的坟墓。她心系塔县，那里是生她育她的故乡。

她说，以前，塔吉克族定居在高原上，现在下山居住的人多了些，除喀什外，散居内地的也有千余人。这对于目前在塔县聚集居住的三万多塔吉克族人来说，已不算一个太小的数字了。

很多父母亲都让子女留在身边，而阿曼姑丽则鼓励女儿外出闯荡。23岁的迪丽达尔在北京已学习生活了六年，也不乏艰辛困苦。阿曼姑丽虽舍不得女儿，但还是鼓励支持她好好在外发展。她自小从严要求女儿，要她们自立、勤勉，也要她们善于与各民族交融相处，要适应环境。但，归根结底，不能忘了自己是一个塔吉克族人。

对于自己是塔吉克族人，她的语气里不乏骄傲。她笑谈道，在香港，在北京，许多人当她是国外来宾，她直言不讳地说，我是中国人，你们就说中国话吧。

谈到了他们崇拜的图腾，鹰。鹰因为耐寒，因为坚强和坚定，为塔吉克族人所敬仰。他们不养鹰，却善做鹰笛，用鹰的翅膀所做的鹰笛，是一件珍贵的物品。

在这里，只用三孔骨笛，两人同时吹响，一律的C调，鱼咬尾似地吹奏，自下而上，又从天而降，像深情的曲子，从来都是顿挫抑扬，像山间的奔流，注定护卫着一种嘹亮。那笛声里有阳光的气息，是太阳参与了它的豪放。那乐曲仿佛在高原快乐地飞翔，因为雄鹰的翅骨，打造了鹰笛的歌唱。

阿曼姑丽和迪丽达尔都特别喜欢我写的那首《鹰笛嘹亮》，在播放那首歌曲时，她们的眼里闪烁着兴奋的波光。

我仿佛看到了鹰的翱翔，还有鹰笛的嘹亮。我也自然而然地想到，今天虽然没能见识鹰击长空和嘹亮的鹰笛，但我从阿曼姑丽和迪丽达尔的身上已分明感觉到了什么叫真正的飞翔，什么叫做生命的坚强。

告辞时，阿曼姑丽赠送我一枚鹰笛。这是她的父亲生前留下的珍贵遗物，我捧着它，感觉到了它的沉甸甸的份量。

那一声华丽的呼啸来自何方？我抬头仰望帕米尔灿烂的阳光，那声音像精灵一般在飞翔，啊，这帕米尔的声声鹰笛，是大自然最神奇的魔棒，我要借助你神奇的翅膀，飞向那美妙的远方，让我的想象永远不缺氧。

环走塔克拉玛干大沙漠

塔克拉玛干大沙漠是世界上第二大沙漠。2011年国庆,我与援疆兄弟们利用节日环游、考察、调研,历时六天,每天行程500—900多公里。感触良多,现简要记录之。

第一天　喀什　库车

今天是环走塔克拉玛干大沙漠计划的第一天。

我坐越野车从喀什市出发,沿着314国道,驱车两个半小时,到达巴楚。上午10点半出发的。巴楚来过十余次了,它是上海援建的县,沿线多为戈壁、红柳、骆驼草,星罗密布,俨然戈壁的主人。并有红山相随一路,七彩山更是精彩绝伦。红山比吐鲁番的火焰山高大,那场面和形状,也不比火焰山逊色,只因缺少故事,缺少名人点染,就默然无闻许多。世上事物大抵如此。现代人聪明很多了，包装艺术大约因此而生成。

分指挥部的几位负责同志在三岔口镇来迎我。先到巴楚的实训基地现场进行察看和慰问，重点对节日期间的安全防范工作进行了检查，提出了要求。综合楼、教学楼已有三层结构，工地现场堆料略显混乱，有一处基础开挖，堆土较高，特意去丈量了一下，坑不深，一米余，土堆得有段距离，应无大碍。也将携带的家乡鲜肉和小食赠送给他们。

午餐后，又到两个富民安居地查看，上下水配套也有考虑，有一处层面采用石棉瓦，里边还糊了一层泥巴，加上椽子与檩的支撑，应该既保暖又结实。矿棉板吊的平顶，屋子显得干干净净，巴楚这一项工作推进得还不错。

看我有点时间，分指挥部负责同志特地还带我在城里逛了一圈，在喀什河畔停了一会儿车。喀什河正在整治，因地制宜，将树木保留，形成了湖心岛，还挺有韵味。去年指挥部开始与县委、县政府配合，组织了规划团队开展了规划设计，现在项目正式启动，让人心情愉悦。

火车却让我情绪低落了，原定下午4时38分到巴楚的火车，大约3点才从喀什出发，整整延迟了一个半小时，回县委招待所休息了一会儿，让司机先驾驶越野车出发，驶向库车。约5点30分又到了火车站。火车站的候车室满满的人，连一个座位都没有。维族人居多，坐地上躺地上的都有。大包小包的，也许都是赶往家里过节的，与服务员商量有无位置可坐,他们要安排其他乘客挤挤,腾出位置给我,我婉谢了,到车上坐了一会儿,后再次安检入室,随人流进入站台。

火车缓缓进站,助理下车迎接。买的是软卧票,上铺的,两人一间,还挺干净。看书写字应该无问题了,虽然车子摇晃,写在笔记本上的字歪歪扭扭的,像喝醉了酒似的。

从巴楚到库车,大约五百多公里,火车行走了约五个小时。司机驾驶越野车早我们半小时抵达,不过精疲力尽了。我和助理不显得累,其间,冲了一杯方便面,香菇鸡汤面,就着萧山萝卜和航空小菜,还挺香的。这一路都是戈壁,有的几近沙漠了,沙土覆盖。临近县城,才见到一些土坯房和简易的蔬菜大棚从窗口掠过。贫瘠而又荒凉的南疆呀!

第二天　库车

10点许,坐车驶向大漠。这一坐,就是三个小时。原来有段公路设有路障,芮总他们的大巴士无法进入,便绕了道,一绕便多了七八十公里了。午餐时分,车终于到站了,是驼湖农庄。一片水光闪烁的骆驼湖,景色优美、湖水碧绿,有湖鸥飘掠,水中的岛屿,树影婆娑,倒影奇美,白色的芦苇穗轻轻摇曳,四周的胡杨密密匝匝的,像这骆驼湖的巴士。可惜,还得过半个月,树叶才会金黄一片,美还未到极致。这驼湖,有一段故事,传说当年丝绸之路的商队,一路跋涉,疲惫不堪,却找不到栖息之地。到了这儿,忽见一片耀眼水光,十分兴奋。于是驻足休憩,因此称此湖为"骆驼湖"。

芮总这一行,是他策划的新锐艺术家库车采风团,有歌手、诗人和传媒方面的人员,由此我也认识了北京磨铁图书公司的总裁沈浩波、摇滚乐歌手张楚等。稍作寒暄,互留名片,我便先自出发了。先驱车到了沙漠公路处。塔里木沙漠公路,是世界最长的流动沙漠等级公路,由塔里木石油勘探开发指挥部于1990年6月至1995年9月设计并建造,全长522公里。起点即我们所到之处,巴州轮台县东9公里314国道,终点则是和田地区民丰县东22公里的315国道贯通处。沙漠公路修筑采用的是"强基薄面"路面结构,"路基撬动干压实"和"土工布稳固沙基"等施工工艺,防沙措施则采取了"芦苇方格"和"芦苇栅栏",效果不错。

路经塔里木河大桥。这座主桥长605米、引道长673米的大桥,在1995年新建,全部工期只用了半年时间,创造了当年的"库车速度"。这座桥是通向塔克拉玛干大沙漠的咽喉。塔里木河水浅浅的,司机老瞿说,这水还是从阿克苏引来的。原先已差不多干涸了,后来发起了一场拯救塔里木河的行动,才见到现在这样的水波涟漪。塔里木河被誉为南疆母亲河,两边茂密的胡杨精美绝伦。它不比天山神木园的胡杨年代悠久,也不似泽普的金胡杨带点清瘦,当然与巴楚三百多万亩的原始胡杨林的原始粗犷也不尽相似。它犹如江南水乡的柳树林,簇拥在水边,清秀中不乏刚劲。此时,金黄与浅绿交相辉映。

库车独特的还有半是沙漠半是戈壁的广袤土地。那一丛丛的红柳，它的茂盛是其他地方难以见到的，铺天盖地似的，几乎占据了所有土地。间杂的梭梭、骆驼草，还有挺拔遒劲的胡杨，相互衬托，将这片天地勾画得相当壮观。

烽燧是汉朝西域都护府建立后，为防备匈奴的侵扰，特地筑建的军事报警设施。烽为火，夜晚燃放，燧为烟，用狼粪焚烧，为白天使用。我看见几处烽燧已破落颓败，但轮廓犹现，灰黄色的土体，仿佛与大地牢牢地承接着，已无法分割，形状像是残缺不全的牙床。曾经有过的辉煌不容忽视。我翻阅了一下资料，得知库车境内有三条烽燧线，我们沿314国道行驶，所见的是第二条线，东起轮台西烽燧，止于新和羊塔克库都克烽燧，距今大约有两千多年了。

保存最完好的是克孜尔哈烽燧，高约13.5米，夯土结构。但今天未曾见到。

库车是西气东输的源头，每年为上海和北京等地区源源不断提供优质的天然气，贡献不可低估。我们的车驶经了轮南油气田，井架高耸，厂房建筑也随时可见。沿途瞅见好几处喷火口，火炬一般熊熊燃烧，日夜不息，问路口站岗的两位身着警服的小伙子，这该怎么称呼。一位是真的不知，有点歉疚地摇首，另一位生硬地说了一句：不知道，挥挥手把我们打发了。后上网查询得知，这是石油化工生产中不可缺少的安全生产设施，其是一种火炬系统，是将正常生产排放的尾气和事故状态下排放的可燃气体,引导到高架的火炬头燃烧,既确保安全,也防止污染。

原来是要等候新疆作家采风团共进晚餐的,但他们的大巴在路上抛锚了,轮胎坏了,延迟了很久。与助理小陆到街上几个饭店瞅了瞅,一个卖炸酱面的,只有两三个冷菜,所剩不多,不知怎么就担心是旁人吃剩的,炸酱面的汤卤也混沌一片,顿时没了胃口。后来吃了一份方便面,拆了好几包萧山萝卜和航空奶瓜,味儿不错。

第三天　库车　轮台

即兴写了三首小诗,题为《沿着塔克拉玛干沙漠边缘》。约半小时一首,快凌晨4时才入睡。早晨就起得迟了些,简单凑合着吃了点助理送来的餐点,便驱车驶向了天山大峡谷。

这一路走得比较轻松,都是高速,收获也不小。

看到路边横七竖八躺着一群羊,有的连脑袋都找不见了,血迹斑斑,惨不忍睹。还有大拨山羊在路坡平缓的河床边站立着,或许它们也受到了惊吓,一时还未缓过神来。估计是车倾羊翻,那些羊来不及逃脱,跟着受难了。心头更一紧,如此情景,还是第一次撞见。

一路的雅丹地貌确实令人震撼和称奇。大自然巧夺天工,让这片山峦呈现出千姿百态的景象。在金字塔雅丹地貌风景处,公路两侧的地面像是一个神秘的舞台,低矮的山峰,或像金字塔巍耸,或群僧一般持立,奇形怪状、神态各异,任你充分想象,那山峦形成了密密的平行的垄脊和沟壑,怪峰嶙峋。而江山也蜿蜒数里,一座座山峦如石林耸立,奇丽无比。红山多为褚色,在阳光照射下,阴阳不一,构成了神奇的两重天地,愈显奇特。

天山神秘大峡谷则更令人惊叹,峡谷长约六公里,人穿行其中,犹如在观赏巨大的画轴,左右两侧均有并且皆美。争相崛起的奇峰峭壁错落挺拔,称奇斗妍。这里,怪石、奇洞、流泉,奇、险、神、秘、古、幽于一体,一步一景,景色相连,浮想联翩,美不胜收,仿佛置身于一个神奇的世界。地上多是沙土,走得有点吃力、拖沓,但还是坚持深入了一里路,欣赏到了神犬守关、雄狮迎宾等几个景点,还发觉了几条惟妙惟肖的山峰。如一座山峰,像蹲着的孔雀,头身清晰。身上的花纹也相当美丽,而这花纹其实是一只只土坑,像一只只硕大的脚印,直向山脊延伸。也许是外星人留下了走向太空的足迹。让助理留了影,还真是逼真。还有几处,有的如群猴观云,有的像猫咪蹲伏,有的像大龟驮着小龟爬行,也有的好比猪在偷懒瞌睡。真是一个任凭想象的世界。走了半个多小时,已是身上发热了。

这样的景致,若是恋人相偕,在这奇美而又游客稀少的神秘的山谷,牵手前行,将是最浪漫的。

我则还要赶回库车县城,就不再深入了,打道回府,在库车宾馆迎候指挥部大队人马过来。他们从阿克苏驶来，车轮陷进了泥沟，幸好带了两把锹，折腾了一会儿，大约三点赶到。我事先点好了菜肴，他们一到，就开吃了。

下午驱车国道，120多公里到轮台县城。在县城乘车观览了约半个多小时，由石油企业建设的新城整洁，规划也比较到位，总体面貌比老城好了许多。这个城市最好的标志建筑就是县政府大楼了，门前有大广场，还有些气派，都护府宾馆就在后边，是我们今天入住的宾馆。

晚上县长吐逊先生热情接待指挥部人员，烤全羊、赠花帽、献哈达，还连喝三杯白酒。巴音郭楞州是蒙古自治州，约有五个县的县长是蒙古族人，余为维吾尔族同胞任县长。吐逊是维吾尔族人，1963年出生，头发也谢了。献洁白的哈达是蒙古族礼节，在这儿，就一块结合起来了。

第四天　库尔勒

从轮台至库尔勒，大约120多公里的距离，我们的路虎车抵达库尔勒巴音郭楞宾馆，仅用了两个小时。其间，有一部分道路正在施工，不太好走。轮台的别致还没有咀嚼，又被库尔勒的独特深深吸引。

今天一天是游览博斯腾湖。原以为是极普通的湖，喀纳斯也见识了，大约与骆驼湖相差无几吧。但愈接近博斯腾湖，愈觉得该湖的非凡和卓尔不群。在宾馆小憩后，即直奔博斯腾湖县，很快进入莲花池，一组人上游艇观赏。稍一会儿，这湖就展现出它的奇美，苇荡密布，其间自然形成了一条可供通行的河道，大约十多米宽，游艇穿行其中，苇荡渐次展开，渐入佳境。芦苇丛生，去年被刈割的芦苇，今年大都又长出了直挺枝干。密不透风，间或有蒲草出现，有一丛芦苇立在河中，增添了新的生机。水呈淡绿，清澈洁净。据县里的同志介绍，此属三类水质，完全可以直接饮用了。

下午又见到了大河口。进入西海码头，方真正感觉这博斯腾湖岂止是湖，的确应该称为海！1 300多平方公里，比一个浦东新区都大了。这儿有湖的娴静，也有海的广博，荷苇连绵，与死亡之海的沙漠地带和山域又遥相呼应。它不失江南景色的秀美，又富有大漠的豪迈气势。在西海码头伫立，远处的候鸟或栖息于湖面，或翔集翩飞。据随行的当地接待人员介绍，这些鸥鸟不惧怕人。船民们捕捞的鱼虾，堆积在船舱，它们就蜂拥而上，去围着啄食。这里的莲花也特别迷人。已是秋天了，白色的莲花在白天绽开的不多，在夏日据说将博斯腾湖点缀得十分优美。到了晚上，它们则悄悄闭合了，进入了睡眠状态。要为这睡莲，写一首诗！

库尔勒给我留下了美好的印象。干净，正气，也不乏时尚，几家四、五星级的酒店，有国际风范，而路上哪怕是等候公交车的普通乘客，也都有都市人的气质。从巴音郭楞州轮台县委书记任上调至喀什地区任地委委员、组织部长的张正荣同志向我介绍，这里人员民族构成不一，汉族占了56%。

晚餐后，我抓紧半小时时间，匆匆记下这些。明天得到罗布人村寨好好地探究一下了。

库尔勒真是南疆最具现代化的城市。快走了一个多小时，库尔勒市夜晚灯光明亮，车水马龙，建筑和河水相辉映，城市显得优雅美丽，我们大家异口同声地赞叹，真超出了我们既往的想象。

第五天　库尔勒　尉犁　若羌

今天车程约700公里，坐得腰背都僵直了，想到明天车程将达约900公里，真有点不寒而栗。

沿着218国道，之后又转道315国道，直达若羌。路是一级公路，还比较平顺，两边的风景也甚值得一看。沙漠及胡杨林最为壮观，形状各异，把沙漠胡杨的品性和风采展露得一览无余，相当奇美！有不少处胡杨占据了好多地方，更显空寂苍劲，金黄色的叶片与绿色的叶片互有衬托，不时有胡杨的优美造型，与道路、天空、沙漠构筑的画面，映入眼帘，令人称绝！也见一片苇荡连绵，绿树不断，在这沙漠边缘也挺罕见。很惊喜穿越了一部分沙漠，沙漠的线条造型和之后的戈壁风光，都让人回味无穷。

尉犁的罗布人村寨，从218国道转入还得再行驶四十多公里，这里陈列了罗布人的生活居住、捕捞的方式，祭祀的神坛，等等，很有现场感。逐水而居、捕鱼为生、结席为室的生活习性和风俗，充满了神奇，居住的胡杨木屋、泥巴栅、红柳条屋，都很真实地反映了罗布人的原始生活。这个季节，游人还是成群结队而来，让我们感觉到了罗布人村寨的魅力。我对大伙说，日行500公里，只看一个村寨，到处都是游客，不见一个罗布人！也算是这次考察的一个小结。

下午4时半抵达若羌，县领导已等候在国道口，送我们到了楼兰宾馆，安排了晚中餐和晚餐。这个县竟有20万平方公里之大，是上海浦东新区的三十多倍了，相当于两个浙江省的大小。人口却只有3万余人！这是一片古老而又神秘的土地。阿尔金山国家级自然保护区内野生动植物种类之丰富，数量之庞大，分布之集中，被称为"野生动植物之王国"。另外，罗布泊地区的楼兰古城、米兰遗址、小河荒址等，都是举世瞩目的历史古迹。据说与楼兰古城相媲美的雅丹地貌也引人入胜，山藏瑰云、岩蘙金玉、戈壁含金，都是因其绝美而扬名于世。

可惜，若羌之名不如楼兰，何不把这县城更名楼兰呢，名副其实呀！

红枣是若羌的一大骄傲，但此刻还不到收获的时候，晚上吃了红枣酒、红枣羹，前者吃口一般，后者则有货真价实的味道。

晚上在县城，围绕着宾馆快走。走了两圈，大约50分钟。先和国良、小陆一块走，后来陈忠也加盟了，边聊工作边健身，其乐无穷。走的路名叫幸福路，虽然有农村公路的痕迹，但路灯通明，行人稀少，更重要的是这里治安良好，走在幸福路上也突然有一种幸福感了，还有一段叫文化路，楼兰博物馆就在其一侧。

第六天　若羌　且末　和田

今天从若羌到和田，全程925公里，是最累人的一天了。早晨9时从楼兰宾馆出发，离开了大部队，开足马力，直奔且末。11时20分到了且末，进入了广场。且末正在举办玉石文化节，广场上搭台、布景、拉彩旗，人也从四面八方涌来，一片节日气氛。与新华社、中新社几位记者寒暄，还临时接受了采访，领略了且末玉的风采。开幕式是在12点正式举行的，我们也算赶到了。来的一些贵宾和演出人员，都是当地县难见的光彩。在广场上临时搭起的玉石交易棚买了一块青玉，600元，造型是一个栩栩生动的老寿星，很干脆地拿下了。小杜还赠送我一盒若羌大红枣。文化节工作人员邀请我们品尝烤全驼和另一种不太熟识的食物，后来待了几分钟就辞别了且末，没有品尝，我们得继续赶路了。

到了民丰界内，正瞌睡着，司机老瞿问我，库尔班纪念馆去不去。我猛睁眼，看见路边有一个标识"库尔班纪念馆"。我问远不远，老瞿回答曰，只150米。车便转弯，很快到了门口，什么声音都没有，门口两个铁门被铁将军把着，司机找了一圈，喊了好几声，都没有人应，只能悻悻离开了。门前还挂着爱国主义教育基地的标牌。

下午3点30分到了民丰县，该县位于塔克拉玛干沙漠的正南方，有一个号称"沙漠第一村"的神秘村落，名叫牙通古孜。遗憾的是，我们没来得及去观光。司机老瞿说，村子的大部分都被沙尘掩盖了。

该县县城发展落后，见不到一幢像样的现代化建筑。街面多是两层楼的平房。中午找了一家山东人开的川菜饭店用餐，是一个陈旧和低档的小饭店。点了几个菜，还有梅干菜扣肉，吃得总不是正味，也不敢多吃，七八分饱即可，吃完就继续出发。离开了这以牧业为主、农牧结合的县，也为这样落后的县感到遗憾。

后又穿越于田、策勒等，大约7点30分就到了和田，如此迅捷连我们自己也都有点吃惊。本以为至少要过半夜到的，这得归功于司机老瞿全神贯注，几乎一刻不停地驾车，技术和体力都很棒。这一路还时见胡杨林、芦苇荡，还有未到收获时节的棉花，与喀什县市景观不一。用iPad赋诗，写好了，待进县城有信号了才发布，一连写了五首。这是我撰写的组诗《沙漠安魂曲》的一部分。网友也踊跃点评转发，很给力。

抵达和田。晚上在团结广场快走，广场依然人丁兴旺。广场中央两个大红灯下，一边是维吾尔族人翩翩起舞，一边是汉族人在跳弧步舞。如此互融情谊，真希望永远在这里长留。六天的环塔之行，在和田画上了句号。共写了十首小诗，聊作心得。

365级台阶

台阶，正好365级，在一座山坡上，上边设有卡梅斯台哨所。

山坡并不陡峭，但一步一步走上去，还是感到了双腿的沉重。我们这一行男子汉几乎占大半，都是在中途歇了歇脚，之后才走完了365级台阶，再登上了坡顶的。

想想只有365级台阶，原来走过来，每一步都并不轻松。

早已大汗淋漓，气喘吁吁了。

北疆，塔城军分区卡梅斯台边防连的战士们天天都要上下，因为哨所在上边，边境线就在眼前，邻国的疆域和哨所也是触目可见。

大约3.5公里处，在一片低洼地上，两栋白墙平房就是对方的哨所了，他们对我们这边也是一目了然。

每天都要走一遭是艰辛的，每天都要走一遭是寂寞的。但每一天都必须走，并且执着地走，扎扎实实地走，怀着一腔热血，怀着对祖国和人民的深情和责任。

台阶入口镌刻着一副对联：三百六十五个台阶脚踏实地走，三百六十五个日夜一以贯之守。淋漓尽致，意境深远，只有走过无数遍这个台阶的人，只有长期浸淫于这空旷而又不凡的天地的人，才会有这般的感悟和凝练。

台阶两旁，满山坡的芳草野花，姹紫嫣红，给这片寂静无人的土地，增添了无限的生机。有紫色的野生薰衣草，有串串生动的刺莓，也有并不常见的阿尾草，还有一种被称为"苦豆子"的似乎串着一串土豆似的花束，更多是叫不出名字的花草。它们组成了妖娆而又绚丽的风景。

走走这365级台阶，读读这片美丽的花语，一定也是十分奇妙的。远在都市的人们，大概是难以体会这种滋味的。

这里的水，是来自沟渠的清水。这里的菜蔬，也是战士们培养的。这里冬天积雪达半人多高，人车都难以通行，给养的运输也历经艰险。战士们的365天呀，过得也并不容易。

这365天，象征着日日夜夜。每一级台阶，都得迈出腿来，每一天的日子，都要认认真真地过。

工作不易，生活也不易。拾级而上，需要心中恒有的力量！

想到卡梅斯台的365级台阶，我们还有什么迟疑和埋怨的。

唯有踏实地走，无悔地追求！

一路戈壁

在南疆大地行走,所见的常常是戈壁。从繁华喧闹的都市初来乍到,陌生而又广袤,有几分好奇和新鲜,但疲惫颠簸了几次之后,就有些索然无味甚或生厌。有人就开始抱怨了,也有的上了车就迷糊了,似乎会会瞌睡虫,也比无垠的荒凉戈壁有趣。

不知何故,我坐上了在戈壁上奔驰的车,就几无睡意。车子在搓板一样的道路上疾驶,仿佛就像小汽艇在波浪涌动的湖面一般,歪歪扭扭,碰撞声不绝于耳。什么事都不能干,但两只眼睛可以浏览窗外的景物。戈壁是袒露在视域里的,无遮无拦,像新疆汉子,豪爽的个性鲜明毕现。每次我都能感觉戈壁的奇特。第一次的新奇感似乎从未消弭,有时候反而更甚。我相信这片土地一定有自己神奇的故事和意味,譬如茫茫的沙漠,其实也蕴涵着令人难以猜透的过去和未来。

从喀什到叶城,从叶城抵达巴楚,由巴楚再返回喀什。这一路全长近千公里。这一路戈壁横陈，公路从戈壁穿越，倘若从几千米高空鸟瞰，我们的车辆几乎就像是一只甲壳虫，蜗牛一般在一条曲折蜿蜒的线路上爬行，实在太渺小，太不起眼了。再微不足道也是有灵有肉的高级动物呀，该思想，该寻索，也该驱散几分寂寞吧。戈壁，由此在我的眼睛里，变得丰富和生动起来，戈壁的一切还真是值得咀嚼和回味的。

开春之后的喀什，终于盼来了一场瑞雪。原先只是局部有雪，后来采取人工降雪，大面积地普降，把喀什装点得洁白素雅了许多。茫茫戈壁也显现出不一样的风姿来。

在摇晃不定的车上，我即兴写下了一段微博：一路戈壁，积雪先是若有若无，只是点缀，后来愈益浓密。原先还见几蓬虬劲的从雪被中挣脱的红柳，现在则白茫茫一片，唯积雪主宰了。远处的山峦在雾霭中朦朦胧胧，因为雪的披挂，有遮有露，倒像卧着的巨大的斑马，凝然不动。有几棵榆树树杈苍然。又有一溜沙枣树，雪团锦簇，像许多大小猴子顽皮地栖息着，千姿百态，煞是好看。

因为140个字的限制，加之已进入喀什市区，我的手指才暂时作罢。而我的情思仍在像车轮一样奔驰。

因为区域辽阔，有的地方积雪稀少，散落在沙砾地上，有几分凄清。也有的地方，积雪漫山遍野并且明显深厚，那种气势恢宏，寒意凛然，让人禁不住屏气凝神。这戈壁与雪的相融合，也许只有南极雪可以媲美。

那些沙枣树、红柳树染上了雪霜，竟满树银白，童话一般的梦幻，如同北国的冰雕，华丽而又可贵，有一种逼人的气质。而那些低矮的农舍，仿佛掩埋在皑皑雪堆之中，也多了一分圣洁与清爽。

美丽的七彩山被积雪覆盖了，失去了那种绚烂的妩媚，但那披上了白色婚纱的模样，依然有几份妖娆，在隐隐约约中绽现。

公路上空空荡荡的。难得有车辆交臂驶过或相向而驶，也有几个电路维修工，衣帽裹护着，猎人似的蹒跚着。

也许是气压太低，乌鸦盘旋着，低飞着，栖息在公路上、雪地里、树干上。稍有动静，便振翅飞翔。

还有麻雀，也鸣啭着，在雪色的戈壁滩争得一份自由的欢唱。

戈壁滩上的一切，都是诗，诗情浓郁；都是画，意境深幽。这样的景致里，眼睛和心灵自然不会自甘寂寞的。

一路戈壁，是一路诗情画意的自由流淌呀！

原来辽阔的戈壁，荒凉的天地，似乎了无生机，竟也有如许生动、如许别致的景色！戈壁如此，人生还会有多少美丽在等待着我的邂逅呢？

景色处处。戈壁这一路又告诉我许多……

库都鲁克大峡谷掠影

昨天下午,已见尘土飘浮,烟云似的,还有些犹抱琵琶半遮面,今天浮尘就明显露脸了,迷雾一般,遮天蔽日,楼宇和树木掩映在尘雾之中,或许与人一样呼吸不畅。

早餐后,车队就在颠簸的公路和漫漫尘雾中穿行,驰向天山神木园。本担心在尘沙飞扬中再会神木了,便头戴遮阳帽,屏住呼吸,没想到一到那儿,天地清爽许多,小走一会儿,阳光也热辣地出现了。此行,也就有些圆满了。

天山神木园多为杨树、柳树,千奇百怪,历经沧桑,堪称天下奇迹。因写过一篇散文了,此处不再赘述。

阿克苏每年的风沙天气与喀什类似。它位于天山南麓,塔克拉玛干大沙漠的西北角。大风起兮沙飞扬,吹到和田、喀什,因喀喇昆仑山回挡,又飞旋到了阿克苏。北风如此,南风则先到阿克苏,为天山山脉所阻，又返回和田、喀什，如此晃悠。

阿克苏处于塔里木河上游，由天山雪水融汇而成的阿克苏河，与流淌到此的和田河、叶尔羌河汇合，形成塔里木河。它也是塔里木盆地的一部分。

中午，温宿县安排在稻香园度假村用餐。这是一个果园农家乐，园子里种植了好几种果树，苹果树和梨树已鲜花绽放，正争奇斗艳。县委吴书记去年到任，介绍温宿时颇为自豪。温宿拥有约1.4万平方公里的土地，三分之一为戈壁、三分之一为沙漠、三分之一为绿洲。当问及这里水资源如何，他说，"温宿"的含义就是丰沛的水量。他说这里的矿泉水曾作过检测，与法国的依云可以一比，只有含氟量超标。他还说到他们利用温宿得天独厚的地理优势，正开辟天山一周徒步游线路，在天山达坂处可欣赏到南北疆的美景，挺诱人的，我恨不得立马成行。

下午到温宿大峡谷，这是我初次观光，真正为之震撼。

温宿大峡谷又称库都鲁克大峡谷，维吾尔语意为"神秘和惊险"，在大峡谷小走一会儿，便会感到这个词用得名副其实。

大峡谷由库都鲁克谷、阿奇克苏谷两条峡谷组成。整个区域面积达到200平方公里。我们沿着峡谷间自然形成的平整的沙石地，车行约三四公里，先是丹霞地貌，红色的山岩，或奇崛绵延，或壁立千仞。后至雅丹地貌，山石更加突兀，象征生命之源的类似阳具的山石，其逼真程度，令人叹奇！我们还徒步六号谷，攀爬陡坡山石，愈走愈险窄。山壁奇特，有一面山峰宛若石林，又有一片山壁，状如千佛龛。两侧的山崖像顷刻会倾塌一般，一线天处更显卓绝，连导游都说，她也是第一次深入，担心危险，让大家尽快离开。导游是一位年轻的维吾尔族女孩，叫塔吉姑丽，意为皇冠之花。人有几分清秀，汉语也说得流利。

峡谷中还有岩盐喀斯特地貌、次雅丹地貌、盐丘底劈构造地貌，可惜未能穷尽。塔吉姑丽说，仅人能行走之处，至少也需要三天三夜方能走完。

温宿大峡谷还有更多未知峡谷，未被认识，更无法观望。最宽处四十多米，最窄处仅四十厘米，雨天更无法进入和近身。雨水直冲，裹挟着泥石飞流直下，待雨歇后又归于寂然。

神奇，铸造于亿万年前。魅力，也源自多少岁月的沉寂。

叶城清明

谁也没有给我提醒,我自己想到叶城去,去看看这个古城,去祭祀烈士陵园的烈士,在这一个清明时节。

这天浮尘弥漫,大约是南疆今年最严重的一次。微弱得肉眼几乎无法瞅见的尘土,裹卷起来,遮天蔽日,连平常灼亮的太阳,都像一枚小小的陈旧的硬币了,暗淡无光,抛在灰蒙蒙的大地上一般,无人捡拾。

我心里却很亮堂。有一个目的地,在远方等着我,似乎我们早已有约。

车子沿喀和公路疾驰,一路车辆稀少。这条刚启用的新路,标志标设原本也是簇新的,但经尘沙侵扰,已略呈倦怠。这一路令人欣喜的是,得以观赏到了今春的杏花初绽。在莎车阿尔斯兰巴格乡境内,公路两侧时现高低不一的杏花树。有的单棵孤立,有的如果树一般成群结队。花蕊或粉嫩或洁白，远看就像树枝上挂了一层深浅不一的雪霜。高大一些的，与青杨树一起比肩而立，又稍低矮，并显柔美，宛若站在兄长们的行列。也有的掩映在成片的青杨林中，却洇出一番鲜艳和生动。也看到成林的巴丹姆了，花骨朵已站立枝头，也一样的粉白，不久也将芳香四溢。喀什的四月，美丽刚刚开始。

叶城烈士陵园位于县郊东约六公里处，八千多平方米的占地，布局合理，气势也不错。只有几个人莳弄着花草。我带着我的一批同事，站在了陵园的广场上。

仰望高高的纪念碑，那碑文龙飞凤舞的字迹，十分熟悉，那是毛泽东主席的笔迹。中国的烈士陵园，几乎都是这样的一行字："人民英雄永垂不朽"，庄严而凝重。纪念碑底部周边长19.62米，碑高10.20米，寓意着中印边境自卫反击战正式开始于1962年10月20日。

叶城，这座曾在电影《冰山上的来客》中就耳熟能详的山城，是阿里边境的后备基地。20世纪60年代，也就是我出生的同一年，中印边境冲突升级。人民解放军在中印边境的东线、南线、西线发起了自卫反击战。西线指挥部设在219国道上的康西瓦，即和田皮山的喀喇昆仑山腹地。叶城即是指挥部的后勤保障基地。

战争就意味着死亡的发生。后来在小学的课本上，我第一次认识了滚雷英雄罗光燮。

战斗胜利后，烈士被安葬在叶城县。当时就几十处坟茔，烈士在这里安息。除了罗光燮,还有王忠殿、司马义·买买提等战斗英雄,还有其他一些陌生的烈士。

我在敬献了鲜花并向烈士深深鞠躬之后,在汉白玉石的浮雕和烈士的一处处墓碑前,默诵着一位位烈士的名字和他们的碑文。从碑文中得知,这些在我心目中顶天立地的英雄,牺牲时竟然都只有十九、二十岁。太年轻的生命,却有着不可磨灭的功勋!

这些年轻生命的飘逝,令人心疼,也让我沉思许久。

我看见了与我同姓的一位烈士的坟茔,略高于周边的墓碑。我走上前去,原来,这是一位当地的自来水公司的干部。2005年那年,他作为工作队员赴乡村工作,被分裂主义恐怖分子无情地杀害了。虽不是牺牲在卫国战役之中,但他也正捍卫着一个国家的团结和尊严。这样的烈士,在南疆还在出现。

这个陵园是生动和实实在在的爱国主义教育基地,我对上海支援叶城的分指挥长说,我们应该多多支持这个陵园,让其发挥更大作用。

在方方正正的墓碑前,我忘记了浮尘。清明的心境,正愈益澄净。

见到了一位老人。维吾尔族老人。似乎羸弱的身子,瘦削的脸,高鼻深目,留着山羊胡,白色的,耳朵则长长的,紧贴着脑门两侧。他戴着朵帕,穿着已有点脏兮兮的深色西装,面色则是随和而善良。

他是这里退休的守墓人。守墓守了35年了。

他也是参加过中印自卫反击战的老兵。那一年,他转业,干了一段村支书后,就被组织安排到这里守墓。他的耳边也总响起一些疑问和规劝。老人当年却二话没说,就担起了这份责任。

他说,他们是自己的战友。他们在战斗中倒下了,他们光荣。我为他们守墓,也非常值得,也是一种光荣!

他在这片冷寂的墓地,结婚,生子,到老。烈士们的亲朋好友来祭拜,他总是热情相迎。直到他到龄退休,他在墓地出生、在墓地长大的大儿子,顶替了他,也承担起了这一神圣的使命。

他陪同我一路祭扫,说这里大部分是汉族兄弟,他守墓,也是促进民族团结。我们本是一家人呀!

我泪眼模糊。握着他粗糙的手,我久久不放。

他今年72岁了。民政局的同志介绍说,这位老人有一个宿愿,就盼望尽早能到北京,去瞻仰毛泽东他老人家的遗容。这样的愿望,实在算不上什么奢望呀。我再一次握住了老人的手,我承诺,我们将给予支持,为老人了却心愿,这也是一个纯朴而又真挚的心愿。

人都是一辈子,人生的价值究竟应该如何衡量?

与老人依依惜别。

走了几步,回首望去,老人与他的正当壮年的大儿子,也在凝望着我们。那目光满是笑意和谦卑。

那些逝去的和活着的人,今生相识,该有多少激情等待迸发!

出门时,一批新受聘的警察,整齐地排列成方阵队形,正向烈士们深深地鞠躬。

叶城,此刻,浮尘正在消散,带着温暖和明净的阳光,正在如杏花绽放一般悄悄地漾动。

与巴尔鲁克的激情相会

眺望原上塬

进入巴尔鲁克山,就被一种激情拥抱,春的灿烂,夏的炽烈,如此相融相谐。置身其间,不投入,不是真豪杰;不忘情,也非好男儿!

巴尔鲁克山,一望无际的绿,也是高低起伏具有立体感的绿。这绿色是天然生态的绿,绿得恣意,绿得粗犷中不乏细腻;绿得奔放,绿得冷峻中也不失温雅。难怪,它是牛羊的天堂,一年春秋两季,是它们温柔缱绻之处,即使转场他处,也不时频频回望这受惠多多的地方。

在巴尔鲁克山的北麓,一个叫裕民的小县,我在7月下旬有幸涉足,很快就被这一片满目的绿俘获了,这一片绿在当地人看来,已不如刚逝去的5、6月份,草叶已微微泛黄。但这绿毕竟是绿,绿得纯粹而令人心动。

当然，巴尔鲁克山动人心魄的不仅是绿。蜿蜒百里的巴尔鲁克山脉，也许称不上是巍峨挺拔之高山，也一定不如昆仑山、天山等遐迩闻名。或许正是它的默然无闻和低调，才令我在见到它的一瞬间，便心旌摇荡：这绝不是一座平凡的山。

丘陵高原，可与苏格兰媲美；高山、峡谷、森林和湖泊，也可与新西兰相比。在准噶尔盆地上，巴尔鲁克山缓缓隆起，不俊俏，不耸立，原上的广阔的草地，就是一片未经开垦的处女地，安静温顺，具有处子一般的禀性。

千万别小觑了这片天地。并不炫耀张扬的山脉里，竟然孕育了24条河流。其中的母亲河——哈拉布拉沙常年流水潺潺，碧波荡漾，给中国西北最大的平原草地库鲁斯台草原，送去了生命的滋养。

在我眼里，库鲁斯台草原就是巴尔鲁克山的延续，是一种生命向未来进发的宣言和行动，是一种生命的新生体！

在巴尔鲁克山的高处，还有一个原上塬，叫作吐尔加辽草原，在哈萨克语中，就是富贵的草原的意思。此名果然名副其实。水草丰茂的草原，连人都禁不住扑向它们，与草原大地来一个激情的拥抱！

烂漫的山花和云朵

万顷的碧绿，是巴尔鲁克山的底色。那漫山遍野的山花，则是装点草原的美丽的亮点。

巴尔鲁克山的山花，与满山的绿一样令人惊艳。当春的绿波滚过这茫茫山峦时，夏的花海便接踵而至，泛滥成了一种有节律的舞蹈，在这巨大的舞台上，渐次绽芳吐秀，姹紫嫣红，奔溅着激情四溢的光芒。万花盛开在巴尔鲁克山的山谷，是花的荟萃，更是花之魂在纵情歌唱。巴尔鲁克山素有"亚欧中心万花园"之称，百闻不如一见，真是不枉此名！

我识花不多，大概算是半个花盲。年轻读书时，学校附近有一个公园，一年四季，鲜花也随季盛开，树干上也悬挂有花名介绍，我常去观赏，记取了一些，还有好多，因天生愚笨，未曾记住。而这巴尔鲁克山的山花，虽然在我身边或傲然亮相，或无声召唤，我却十分木讷。仿若一个游子回归故里，许多蜂拥而来的孩子向他亲切招呼，他却叫不出他们来，一时也不免尴尬。幸好，当地有几位同行陪伴，它们还算认识一些，加之我浅才浮学，也终于识得几种花卉。

这些山花虽然大都不名贵，但十里蒿草必有嘉卉。那些在山谷或争奇斗艳、或悄无声息开放着的山花，却并非寒酸卑贱。比如那一串串盛开着的紫色的薰衣草，挺直了身板，一如贵妇人一样的端庄从容；比如虞美人，红得热烈，雍容华贵，气势逼人；比如不只在芍药沟，也在山谷随时可见的野芍药，花团锦簇、花香沁人；比如流光溢彩的锦鸡儿花，骨子里充满质朴，却又不无妖娆。

野巴旦杏，在巴尔鲁山堪称一绝，也是它的骄傲。它遍布之广，影响之甚，已不逊色于伽师果和阿克苏的苹果。

自然，各种叫不出名字的无名花，也是功不可没的。它们使巴尔鲁克山青春浪漫，岁月不秋。

这里，还能一睹云的风采。到草原，去会会蓝天白云，是一种惯例。巴尔鲁克山的云，更是奇美。那云仿佛就挂在山际一般，悬浮着，等着你去靠近，去触碰。是的，它几乎真的触手可及，那么低矮、那么亲近大地、那么直接地走入我们的遐思。

这蓝蓝的天，像是倒悬着的海，无边无垠。那白云如同千帆竞发，生机盎然；又似鱼儿翔集，优哉游哉。恍若冰川偶露峥嵘，隐隐约约，迷迷朦朦；又似雪絮飞渡，无限清纯，无限柔婉。

端详着云，把灵魂也抛出去了，让它随着云朵自由飞翔一阵！

祭奠烈士墓魂

巴尔鲁克山带给我的，还有一份凝重和沉思。

我是第一次详细地知悉"塔斯提事件"，认识孙龙珍这位烈士，解读一则不可忘却的故事。

在这样祥瑞的天地和季节，去追思这过去的历史，心隐隐作痛，泪，潸然落下。

1962年，也是我出生的那年，中国与苏联在边境发生了一系列摩擦,其中"伊塔事件"最有影响。之后,新疆生产建设兵团战士奉命驻守边境,与部队战士共戍哨卡,他们的使命是"守,耕,牧"。

1969年的某一日,有一拨苏军士兵向我方挑衅。他们驱赶我国牧民的牛羊,还绑架了一名张姓牧民。部队战士在与对方交涉同时,孙龙珍所在的兵团战士也闻讯赶来,筑起了象征祖国尊严的抵御之城。对方蛮横无理,并首先开枪,挑起事端,扩大事态。罪恶的子弹射中了年仅29岁的民兵战士孙龙珍。孙龙珍倒下了,牺牲时,她的肚腹里还有一个婴儿在蠕动!我们的战士也不甘示弱,反击中打死了六名敌人,缴获了三匹军马。最重要的是,战士们顽强的士气鼓舞了边境上的全体官兵,经过长时间的交涉,对方不仅乖乖放回了张姓牧民,以后,又将这片土地归还给了我国。这是一场值得铭记的胜利。

烈士仙逝,英魂犹在。

在肃穆、庄重的气氛中,我走向了纪念碑,向烈士深深地鞠躬,献上了寄托哀思也充满崇敬之情的鲜花。

此刻,八名年轻的女民兵战士英姿飒爽,肃立在纪念碑前,让我感觉烈士未曾离去,她鲜血浸染的土地,正盛开着更加美丽的花朵!

在边境上的巡逻

这是平生第一次,千真万确。沿着205号至206号界碑走向,沿着仅铁丝网之隔的边境线，我随着塔斯特边防连的战士，徒步进行了一次巡逻。

任务，是加强边境监视，检查边境设施。一身戎装，带上全套装备，这十多公斤的分量压在身上，走了一路，也真不轻松。

从205号界碑到206号界碑，大约1公里。烈日当空，走了几步就汗流浃背了。地上野草丛生，虽不用披荆斩棘，但带刺的草儿却常常撩人，这也是麻烦。但这样的体验绝无仅有，所以这点困难也应该不足挂齿。

此时双方边境处于缓和时期。从高倍望远镜里眺望，对方检查站或哨卡风平浪静，连一只鸟儿都见不到。但边境实无小事，有时一只牛或羊的冒犯，都会引起两国不必要的争端。长长的铁丝网，把一块完整的土地，硬生生地隔开了。铁丝网大约有1.2米高，铁丝每隔十来厘米一根，四个角又钩叉了铁丝，人的身躯是无法出入的。偶尔有一扇铁门，上了锁。这是整修我方界碑的一个通道。对方也设置了铁丝网，两国铁丝网之间，大约相隔好几十米，这就是真正的边境线了。由此可知，边境线并非一根窄窄的线，这两国的铁丝网之间的空间，才构成了不可侵犯的神圣的国境线。

我们一组人每人间隔三米，不快不慢地行进着。

边防连战士告诉我们，我们的一举一动，其实都在对方的监视之下，他们也不时地瞭望我们。我们笑称，今天一下子冒出这么多巡逻战士，还都是上了年纪的老兵，一定让他们丈二和尚摸不着头脑了。这样的巡逻以前虽也有过组织，是自治区干部的拥军及国防教育活动，但毕竟是偶尔发生，对方自然会颇费猜测。一位军区干部半真半假地说，应该提前通知他们一下，我们还可照会照会！说得大家都笑了。

这一路说笑，轻松完成了巡逻任务，却已令我们顿悟，睦邻友好是可贵的。20世纪60年代末，中苏边境事件频发，孙龙珍参加的塔斯提战斗是一例。在铁列克提的忠勇山，我军边防战士实施巡逻，遭到了三倍于我方力量的苏军突然的伏击，他们出动了直升机、装甲车，以装备精良的优势，疯狂地攻击了我们的官兵。我方38人死亡，其中有19名新兵牺牲。这些新兵刚入伍拿起枪，便成了烈士，长眠在边境线上，极其惨烈而又悲壮。这就是震惊中外的铁列斯提事件。如今的忠勇山，一片安宁，但我分明感觉到那些牺牲的战士们的脉搏还在强劲地跳动着，在这广袤的草坡上，在沁人心脾的空气里，在戍守边疆的又一拨年轻后生的眼神里，也在他们紧握着枪杆的手心里。

我们是在一个温度适宜的时候，短暂地体验了一回边境线上的巡逻，而战士们却是在严酷的环境下坚持数年站岗放哨。在三伏天气，白天高温达到38摄氏度以上，夜晚则只有0摄氏度左右，战士每天都在经受冰火两重天的淬炼和考验。

从比利时引进的军犬"巴比"，在前面机灵地奔跑着，我们的脚步也急促起来，因为，我们感受到了一种前所未有的责任和力量。

齐唱《一棵小白杨》

听过歌手演唱《一棵小白杨》，自己也会哼唱这首歌。像许多优美的歌曲，听到唱过，也就罢了，但这一回，却无法抑制自己的激动。

跋山涉水，到达了著名的小白杨哨所。哨所的官兵们队列整齐地迎候着我们。我也一眼望见了那棵小白杨，它现已茁壮成长，像一个伟岸的汉子了。当与战士们高歌一曲《一棵小白杨》时，泪水刹那间模糊了自己的双眼。我知道自己的心弦被拨动了，我放开歌喉，尽情地抒发着自己的情感，仿佛自己也像一棵小白杨，迎风挺立，骄傲地站在边防哨所旁。

很多年前，一位来自伊犁的锡伯族小伙子陈福森应征入伍，来到了位于巴尔鲁克山的这个哨所。他母亲嘱托他带去了十棵小白杨树苗。天干地旱，官兵们精心培育，最后仅剩一棵白杨直冲云霄，蓬勃昂扬。它给官兵们带来的是难以形容的慰藉和激励！

那年，一名词作家来到哨所采访，在一位战士的笔记本里读到了一句话："一棵小白杨，长着哨所旁。"这忽然触发了艺术家的灵感，他提笔写就了《一棵小白杨》的歌词，之后谱曲演唱，迅即在全国唱响。小白杨哨所的官兵，在2006年的央视春晚中，也集体亮相了。

小白杨哨所名声鹊起，他们那种扎根边疆、守卫边疆的豪情和精神，也在边防连和所有的部队光大发扬。

一首真正的歌,从来不是简单的几段文字和一连串的音符所能构成。它有时就是一种迸发的能量,一种特殊的军魂,一种永不消失的情结,一种催人警醒令人感奋的心声。

我在小白杨哨所,也站了一班岗。

我站在高高的山岗上,背后是我坚强而又伟大的祖国。

我热血沸腾而又无上荣光!

祖国,祝您岁岁平安!

英吉沙小记

这天,比往日起得稍早,援疆指挥部在喀什的二十余人参加了英吉沙杏花节。

英吉沙阳光高照。艾古斯乡五村,据说是中国第一杏园,杏花绽放。粉色花朵为多,略有白色,也不耀眼,但都惹人怜爱。轻风掠过,几许细碎的花瓣,徐徐地飘落在地,又多了一份情致。踩在虚土覆盖的田埂上,依偎着杏树,留了几张照片。去年写过一组题为"杏花落"的诗。杏花的授粉期至多十来天左右,对杏花的幼弱和短暂,总有一丝疼惜在心头。像青春韶华?像甜美爱情?像许多美好的事物?

英吉沙共计种植了30万亩的杏树,每年举办杏花节。去年我错过了,路过英吉沙,想拐进去见识一下,却遍寻不见,最后只见到几近凋落的几树杏花,留下遗憾。这回,杏花犹如心花怒放,充溢了视野和心地。

杏花节吸引了当地百姓，大家像过大年一样，衣着光鲜，喜气洋洋，走向在公路上临时搭设的文艺演出的会场。一群小伙子走下一辆客车，他们都穿着深色西服，里边是白色衬衣，有的系着领带，都统一戴着朵帕。我好奇地探究着他们的身份，一时猜不出个大概。后来，在舞台一侧，我瞥见了一堆写着"杏花之恋集体婚礼礼品"字样的物品，再看到小伙子们边上都偕着一位姑娘，她们都穿着漂亮的婚纱，遂明白，这是今天快乐的人儿啦！幸福像杏花一样开放，像一本小说名。

文艺晚会推出了"杏花姑娘"的评选，十一位女孩子逐一亮相，精彩表演，看似轻松娱乐地在较量。也许，她们对比赛挺在乎的，紧张终至难免。

路两侧挤挤挨挨的，围了好几层。有小伙子和几个孩子，干脆爬上了杏树，学猴子观景了。

阳光下，坐着实在太热。遂提前离场，自在一游。

在杏树下、草地上，设置了摔跤、斗鸡和斗狗等区域。两位小伙子在摔跤，谁也掰不动谁。观看斗鸡的人不少，两只鸡互啄、撕咬，也都充满斗志。忽然，呼啦一下子，看斗鸡的大半人都往边上跑去，腾起一阵尘土。原来临近的斗狗表演要开始了，一黑一白两只狗嗥叫着，都被绳子牵制着，待了好一会儿，一直没开始，但人流还在涌来。

这花开时节，给人们带来多少欢乐呀。曾经写过一篇短小说，嘲笑各类华而不实、故弄玄虚的花节，英吉沙杏花节当不在此类。

今天还发现了自己一个错误。在喀和公路来回不知多少次了,却疏忽了著名的高峰——公格尔峰。今天英吉沙天气晴朗,回喀什时瞥见远处的雪山冰峰,这不算稀罕,但其中一峰巍然屹立,形似金字塔,气势非凡。我问司机老瞿,他说这是公格尔峰呀。哦,这就是公格尔峰!西昆仑山脉的第一高峰。老瞿说山峰高达7 700多米,一查,果然,7 719米。山峰冰川悬挂,银光闪烁,令人充满奇想。山峰坡度陡峭,还有一处落差达3 000米的雪崩区。那山峰的温度常年在零下20摄氏度。与它并肩而立的,是比它稍矮的公格尔九别峰,海拔7 530米。它们山体相连,联袂相偕,同在一个山脊上,有人称它们为姐妹峰。雪峰位于克孜勒苏柯尔克孜自治州境内。拥有是一种骄傲,能够仰望也是一种福瑞。

天地有雪山,有鲜花,不能说是一块劣地了。英吉沙虽相对贫穷,但也正迎头赶上。真诚地祝福这里的人民。

回首六道湾

这是我第二次游走喀纳斯，亲近这一片净水净土了。喀纳斯湖在高邈的蓝天和轻柔的白云的俯视中，也袒露着一种广阔和沉静。

六道湾。湾湾奇美绚丽，都连系着一个优美的神话故事。到喀纳斯，不去光顾品味这六道湾，等于没到过喀纳斯，没到过喀纳斯，则是人生的遗憾。但这六道湾对外开放的只有三道湾。到了三道湾，碧波荡漾，绿意盎然的四道湾就在视野里了，但只能遥遥地观望她了，戒律森严，游船只能掉头而返。我不想留下遗憾，找了人，坐了当地管理部门的工作船，把六道湾看了个仔仔细细，真真切切。

去年9月下旬，我登船游览，后来不慎将照相机落在工作船的座位缝隙里了。当时，喀纳斯管委会的书记康剑兄，找着相机后致电我，想给我寄来。我说不用了，我会很快再来的，相机就先搁你那儿吧。以后，我与康剑兄无数次的电话往来，概因我们共同的朋友到喀纳斯了，通话问好就成了一档固定的节目了。喀纳斯让我不尽地牵挂，相机只是一个小小的、几乎微不足道的由头，是朋友们的友情在牵动着我，当然，最让人梦萦魂绕的，还是喀纳斯湖的神秘、纯净和幽美。

去年冬天还问过康剑，此时喀纳斯可否观赏。康剑立即充满诗意地回答："特别美丽的景色呀，银装素裹，真是当时。喀纳斯四季皆景，各有特色，春天山花烂漫，夏天绿水青山，秋天层林尽染，冬天银装素裹。都是毛主席的词，毛主席虽然没来过喀纳斯，但把景色早就描绘过了。"他说得让人心痒，恨不得立马启程，但终因公务缠身，不能如愿。

没想到再见六道湾时，正巧近一个年头。9月上旬，喀纳斯已经逼近最佳时日了，层林尽染的景致，已然在清朗的天地，无限宁静而又深情地展开。目光可抵之处，山是葳蕤的纯粹，水是悠悠的妩媚。这样一片原生态的世界，我要说，山也许就是大自然最后的一根高贵的骨，水就是大自然最后的一滴纯净的泪。在这里，眼睛是在享受美好，而心灵应该在感悟哲思。

六道湾确实是湾湾精彩。进入第一道湾，粼粼清波已令人心旷神怡。远处的基岩平台，还卧着一块巨大的羊背石，宛如一只卧羊，久久地凝望着这一片神湖。第二道湾，则更见水面辽阔，山林如画。由此纵深，金黄、深绿、嫣红、色泽艳丽，草木生辉，足显大地瑰美神奇。第四道湾，当是更加神秘莫测。在喀纳斯土生土长的图瓦小伙子沙瑞，曾亲眼见过"湖怪"的出没。那是2003年的秋天，已在喀湖林业部门工作数年的沙瑞,正驾驶汽艇,照应着一拨客人。忽然,不远处,一个庞然大物拱出了水面,那挺拔的鱼鳍,大约伸展到了十米之高,十多米长的部分身段,在水面浮现。沙瑞惊呆了,他向我叙述时的表情,让我立时想到了"恐怖"这两个字。他以手比画说,他的心脏原来在胸腔里的,一下子蹦跳到喉咙口了。他张大了嘴,一句话都说不出来。当然湖怪并非什么鬼怪动物,后来许多专家都曾反复考察研究,比较一致的意见,认为它是一种硕大的食肉型的鱼类,叫哲罗鲑,又名大红鱼,属于深冷湖水中的一种巨型鱼,实属罕见。它们时常集体出没,行动极为诡秘,很难捕捉。据说,运气好的话,你到喀湖一游,或许还能撞见。

六道湾深处可谓山水绝美。当年,一位女领导曾下令,四道湾以内不得开放开发,现在想来,该是十分睿智的。这被称为最后一片净土的地方,如果被践踏毁坏了,将是我们人类对大自然的背叛和犯罪。如今,这片神圣的景象依然独特,依然令人震撼。两泓小湖清澈碧绿,湖面下的水草清晰可见,悠悠地摇曳。轻灵细巧的蜻蜓,在水面停留,悠然自得。山峦树木在湖中的倒影,仿佛比山峦树木更加真实可观。白杨浮木,一根根插入河岸,也形成了别致的枯木长堤。这是一件匪夷所思的事情。山岭上的水流入湖中,由内向外,即自六道湾向一道湾奔去。然而在一道湾、二道湾倾倒的白杨树木,却溯流而上,直奔六道湾,像一个游子,奔向了母亲的胸怀。外人一时难以明白,沙瑞告诉我说,那是风力使然,直把枯木送至了六道湾。这番景象,当伴有多少遐思,迅疾在我脑海飞掠。

　　我曾作诗曰：做喀纳斯湖里的一条鱼，它的幸福指数，无人可比，那湖的碧绿中，摇曳着芬芳的笑脸，那一弘深邃中，诠释着无言的愉悦，在观鱼亭上瞥上一眼，都是快乐的，仿佛这条鱼就是自己了，在自由的天地，优哉游哉，其实，做喀纳斯湖里的鱼，也有风险，说不准，就被认定为湖怪了，可湖怪就是湖怪了，幸福就是自我感怀。

　　船艇从六道湾驶返，在喀纳斯湖水面又犁出了一沟波澜。我回首六道湾，也又一次回味这湾湾的奇异风光，心湖也泛起阵阵波澜。

　　我蓦然想到，这六道湾多像一个人的一生，每个年龄段自应有其精彩绝伦的风采，而随着年龄的递增，那风采也必将愈加宁静深幽，斑斓绰约，而当你走过那些年华，再回首眺望时，那些光华已留存于世，你的勤勉努力，正璀璨夺目，你当是如何自豪。

　　我想到刚才在六道湾邂逅的几位新疆驴友，他们此刻正向那原始森林深处走去，他们也将亲近更奇特更纯净的山和湖水。人生探索永无止境呀，我的心，也随着这一片天地，愈益清朗起来……

雪鸡别克

隆冬时节，乌鲁木齐的气温已达到零下28摄氏度。没想到天山上的天池，却暖和得多，而且冰清玉洁，犹如童话世界一般美轮美奂。童话世界就是吾辈人心目中的天堂。天堂是永远的梦幻。

在天池认识了雪鸡别克。这是一位哈萨克族男子，肤色被紫外线晒得黧黑中酡红，双目也炯炯有神。他的毡房就紧挨着天池，十分美妙的一个位置，天池景致尽收眼底。在他的毡房里把酒论盏，品尝他妻子烹饪的鲜美的马肠、野蘑菇和雪鱼汤，心情甚为轻松愉悦。

雪鸡别克是他的名字。他说他就出生在山上。他出生那天，一拨雪鸡飞掠而过，他父亲瞥见了，遂给他起了这么一个名字。现在山脚下的阜新城内，他拥有一套住房，设施齐全。但他还时常上山，他的八十多岁的老父亲，也还住在更高的山坡坳里，那里海拔三千多米，他始终不肯下山居住。

也有人说他不孝，把老父亲扔在山上不管不顾。他说这真是冤枉他了。他多次请求老父亲下山与他同住，老父亲就是不住。老父亲乐呵呵地说，这山上冬暖夏凉，空气又清爽，我待在那儿，才活得舒畅。老人家健康朗润，到时候在草滩上放羊牧马，山上的空气清爽，山上的雪也是清热祛毒的。他说他就生活在天堂！

雪鸡别克理解了父亲，但好多城里人无法理解雪鸡别克。雪鸡别克无奈地笑说：只要父亲高兴就好！都在寻找天堂。寻寻觅觅，苦苦追寻，蓦然感悟，其实，它并不遥远。雪鸡别克和他老父亲，着实给我上了一课。

听过一个故事。两位杭州的旅客长途跋涉来到异乡。那是一个偏僻幽静的小乡村，世外桃源似的，名声不凡，旅客络绎不绝。有一位老农在田地里劳作。旅客上前询问："你们这里什么最美呢？"老汉回答："什么都美！"旅客又说："你在这里生活不乏味、不单调吗？""你在家里乏味单调吗？"老汉反问。旅客一愣，说是正因为乏味单调，才来这儿旅游的。老汉回答："那这里也是乏味和单调的。"旅客撇了撇嘴，他觉得这个老农回答不对路。于是他让同伴去询问。同伴问："老伯伯，都说你们这里是天堂，你说到底是不是呢？"老农瞅了他一眼，看见他的挎包上印有"杭州西湖"的字样，便又问道："你是杭州人吧，你觉得杭州是天堂吗？"同伴顿了顿，立即自信地回答："是呀！""那，这里也是天堂！"老汉回了一句，转身又去莳弄庄稼了。两位旅客咂摸了半天老农的回答，渐渐悟出了一点什么。他们在乡村的阡陌小道上徜徉，仿佛就在苏堤白堤悠闲地溜达一样，心情开朗，足下的路也开阔平坦了许多。

我曾去南疆小城泽普，拜访过中国长寿第一人。这位老人今年124岁了，出生于1887年，跨越了三个世纪。南疆乡村比较贫穷，戈壁沙漠占据了大半土地，自然条件也相对恶劣。但就是这样的一个戈壁小城，每百人就有一位百岁老人，堪称中国长寿之乡。那位老人住的是极其普通的维吾尔族民舍。家徒四壁，大炕和桌椅，成了房内的主要设施。因为入冬了，火炉点燃了，老人坐在火炉边，几乎没有挪步。他的也已九十多岁的妻子，一个佝偻着背的老妇人，提着颤颤巍巍的脚步，忙乎着，老人别无他人照顾。我怀疑是不是走错了房间，甚至怀疑这老人是不是已高寿如许，真是戈壁人瑞吗？这与想象中的人瑞的居住地相距太远了！这就是百岁老人的天堂吗？陪同走访的县委书记的一番介绍，是不容怀疑的。国家、自治区等的政府部门颁发的奖章、证书，也充分证实了这一点。这是一个终年干旱而风沙又时常肆虐的地方，为什么，上帝会如此眷顾他们呢？

很长一段时间，我百思不得其解。直至在隆冬，我第一次登临冰天雪地的天池，认识了一个叫雪鸡别克的哈萨克族男子，由此也知晓了他的老父亲的故事。辛卯春节，朋友L回国了。二十年前他离开国土，奔向他心目中的"天堂"——欧洲大陆。他在那里也有了一番事业，还有一位西班牙血统的妻子。我原以为他这回是回家探亲的。他却说，他这次留下，不准备走了，他把妻儿也留下了。走了这么多年，虽然还没到叶落归根的年岁，想想还是家乡才是天堂。

在天堂的感觉，就是踏实温馨的感觉。

我拍了拍L的肩，说：欢迎回到天堂！

天门一叹

都说阿图什的天门雄奇独特,险峻幽深,不过,在这春天的季节颇难接近。

我不算敢于登山探险、跳伞寻乐之人。我之所以起念去天门,是既不想错过领略如此神秘的风景,也想给这小长假注入一些活泼新鲜的因子。当然,我心里是拿定主意的,再高再陡,我不会登临。我只想远远地仰望它,一睹它的真容,此行就心满意足了。

进入山区,路,已颠簸不止。只有远处的七彩山峰,在并非湛蓝的天幕衬托下,雪景隐约,云丝轻缠,含蓄地推出天山山脉拥有的那一种奇美。

我想,我的初衷是无比正确的。不可太累,不必太险,走马观花,浅尝辄止,未必不是游览的绝佳方式。

车过山口不久,就无路可走了。好多辆小车,都无奈地熄火了,天门不喜欢它们的轰鸣声和汽油味儿。只能弃车徒步，狭窄的山谷就是路径了。

路并不顺畅，人走得趔趔趄趄。由泛滥的洪水蛮横地推入山谷的石块，挤满了路途。乱石横陈，行走艰辛而迟缓。任由一双鞋与山石碰撞和磨擦，疼惜也顾不上了。问题是，还不知天门的踪影在哪里，心里一直温顺地蛰伏着的急躁情绪，又苏醒一般，骚动不安了。

看不到天门，此行就不可停下，继续前行，别无选择了。

又攀爬了一段山路，穿越山隙，从山石的夹缝间，低头弯腰，而每一步都小心翼翼，踩踏得谨慎而坚实。衣裤上沾满了泥土，那是山谷赐予我的一份礼物。

我已显乏力，但牛气的天门，还未能现身。遗憾没把车内的食物带上，肚腹此时有点发难了。一拨男男女女也在行走，还在稍显平坦的山坡上，开吃随身携带的食物。那馕香随风飘来，我那不争气的肠胃，被煽动"起义"了。我只能咕嘟嘟喝下大半瓶冰冷的矿泉水，以安抚一下肠胃。他们中的两位小女孩走得很灵巧，时不时还召唤一下落在后面的一位妇女。我攀爬铁梯时，一位小女孩还伸出手来，叫了我一声叔叔，拉了我一把。妇女与我们几位或前或后，走得也挺吃力。她忽然转过身，很热情地将塑料袋递给我："你要吃番茄吗？不要客气，拿着吃吧。"那目光和语气纯朴而热情，让我不忍拒绝，还因为肠胃也在咕咕直叫，于是拿了几只小番茄。妇人一个劲地让我多拿一些，还问我要馕吗，我连声道谢，虽想念那圆圆的馕，也不好意思开口了。

妇人也来自喀什，是兵团农三师职工。她说那两个小女孩，其中一个是她女儿，还让我猜是哪个。我猜是正回首瞧着我的那位，戴着眼镜。我凭的是直觉。果真猜中了。妇人说她是广东人。我说你是"疆二代"吧？她爽朗地回答："是呀，我父母亲1958年就入疆了。现在他们都过世了，把我留在了新疆。是献了青春献子孙！"

前行的路愈来愈坎坷。翻过几个乱石堆砌的小山坡，拐了一个弯，又是冰雪覆盖的山路，有的地方脚印深深的，一脚踩下去，积雪几乎没至膝部。有的则浅黑脏污，却瓷实可靠，可以想见，它们托载了多少足印，让足印稳稳地向前延伸。

路难行，但还是咬咬牙，走了下去。妇人她们也在坚持攀登，就像她的女儿，不时用铃铛一般清脆的嗓音召唤着她。她也不时鼓励我们，快上呀，加油呀。

走来几位刚下山的，就问，还有多远，能看到天门吗？回答说，快了，天门很棒呀。于是，一鼓作气，噔噔噔又前进了好一段路。

又翻过了一个山坡，终于，瞥见山崖处天门的轮廓了。可气喘吁吁，热汗淋漓，因此也想就此歇足了。能目睹天门，似乎已功德圆满，但比我年长的同事，仍昂然往上攀登。而妇人等似乎对我们说，也是对自己说："都走到这儿了，不上去可惜了。"

上还是不上，又犹豫了一会儿。看那天门也像在高处乜斜着我，豪情骤然被激发了，开足马力向上攀爬。

对艰难估计不足。这大约倾斜四十余度的山坡，竟然湿滑得难以立足。沙棘树的草棘，也与冰雪联手，制造了许多麻烦。这些在我诗文中常常颂唱的树木与积雪，一点也不给我面子，白白硬硬的针刺，生生地扎进我的手指，钻入我的裤腿。起先还弯腰，一步一步登攀。不一会儿，置身坡间，几乎不敢往后俯瞰，英雄豪气顿时消逝，一丝悔意，爬上了心头：何必逞能呢，现在骑虎难下了吧？头也跟着一阵眩晕，真担心自己这壮实的身胚，会熊一般一头栽下去。

没有想到毛主席语录，也不是担心别人笑话，还是天门在不远处观望着我，而我心底那种既已如此、又有何惧的一贯精神，火山一样复活。身旁又有一些人，轻巧如燕地跃过了我。我遂提气凝神，轻吐丹田，一不做，二不休，手足并用，一口气登上了山脊。狭窄而陡峭的山脊，我一屁股坐在了地上，重重地吁了一口气，好半天才缓过神来。

妇人他们一拨陌生的朋友，又递来了一大块馕，干而香脆。大口大口地嚼着，就着沁人心脾的矿泉水，真感觉幸福无比。

这是常人最接近天门的地方了。从天门穿堂而过的山风，清新而又寒冽。很快，湿透的衣衫冷若冰霜，双颊冰凉。这天门的风，也真是风情不解呀！

能够近距离观察天门了，不说豪情，一丝得意在心的水面上掠过。

天门真是雄奇瑰丽，吾辈望尘莫及。五百多米的门顶，一百多米宽的门幅，想必一架直升机可以轻松穿越。但横亘在天门不远处的两座比肩的山峰，却又似乎遮挡了一片天地。目力实在无法估计，那留下的天地，还留有多少空间。

并不十分留意，那天门右壁上的石穴，据说像蜂巢，左壁的表面，像一张壁画，千奇百怪。门楣上方似有一张浮雕，好像一具脸谱……

却发觉众人纷纷留影，如单人合影，那相机吐出的必将是一个大写的"囚"字，也许，这漫无边际的穿越天门的奇想，也是有悖天理、惹怒山神的。那么，这神乎其神的天门，又是为谁提供进出的呢？

受不住冷风的侵扰，匆匆下山。俗话说，上山容易，下山难。因了当地司机老瞿的引领，还借助了一根三尺长的硬塑料棒（权当拐杖），走的是"Z"字形路线，踩在草茎根部，一步一挪，竟走得轻松和迅捷。原先的恐高心理，以及惧怕双膝忽然一软的情形，均烟消云散了。也许是天门在护佑我这敢于亲近它的一介书生？

这时，一只山鹊在山谷翱翔盘旋，神姿怡然，炫耀着它的悠哉和轻捷。

下了一大截山坡，再回望天门，静静地伫立了好一会儿。都说这天门呈"门"字形，我却感觉像一个风口，那强劲的风吹拂不止，难怪这一片山峰的中间地段，也被风削砍得少了一块，山峰罕见地呈月牙形倾斜着，仿佛即刻会向山谷里倾倒一般。

又觉得这天门更像一个洪钟大吕,它不敲自响,它日夜在喧响着,像是在对我们这些后生和来客警示着什么。

如果再从整座山峰来观望,它就是一只巨大的鼎,庄严而凝重地矗立在面前。它的无言,似乎正在叙述,有即无,无即有,虚见实,实乃空……充满了玄妙的哲思。

我默立良久,我分明触摸到了它的心音。我知道,我今后不会再去寻求无妄的穿越。我只要穿越这上苍赐予我的苦与乐,悲与喜,乃至生与死。

我听到心里沉重的一叹,却悠长而回旋。

我深深地向天门鞠了一躬,转身,快步走向回归的路。

下得山来,只见一位摊铺马路的维吾尔族汉子拦下了我们的车。刚来时,他也是左手往下点了点。司机不解,还是快速驶上了前方正铺砌的路面。没想到,正在直线行驶工作的压路机,竟斜穿过来,挡住了我们的去路。停顿了一会儿,才听见维吾尔族司机嘀咕了几句,我们的司机明白了,他不是不让我们通行,是要我们开慢些。稍顷,压路机让开了道,让我们通过了。不知眼前这位汉子又有何企图。

汉子走上来,只说了一句:"慢慢地开,行吗?前边人这么多。"马路上施工人员确实不少,人家说得中肯,并且在理,我也叮嘱司机小心慢驶,并向汉子挥了挥手,表示谢意。

山脉远方,天门已经无影,现实的道路,在面前延伸……

人生的转场

我们总是惊叹生命的神奇,它诞生于无数的偶然之中,就像在苍茫而又混沌的天地之间的一道彩虹,一缕云线,你会诧异她从哪里而来,又会无限地沉迷于她的瑰丽风采。

在戈壁山峦,我也时常为那些柔弱温驯的羊群而感慨。它们在这里繁衍生息,它们给这片天地带来了鲜活,而这片天地也赐予了它们生命的琼浆和营养。我也时常冥思,在四季变幻、草木枯荣之中,羊拥有什么样的生活秘诀,才能让它们在四季自如地穿行,与草木长久地亲近?这样的秘诀,一定蕴含着大自然与生命的神秘契合,也一定蕴含着生的本能与生的智慧。遥望山脉,山系绵延,色呈黑褐。我瞥见一缕细细长长的深色在其中隐现,像一条忽有忽无的血管,又似一丝随意垂挂着的雨瀑,弯弯浅浅的,却没有停顿和阻遏。

羊道?人道?还是混合之道?在克州的冰川公园,我和余秋雨夫妇也曾几多猜测。最后确认那是人行羊迹。人行羊迹，也是一个更加富有诗意的称谓。

由人行羊迹，我又想到了一位新疆朋友写过的一本书，书中阐述的一些思绪，我是认可的。如书中所说：转场是草原文明的文化遗产。如果没有转场，草原文明不会像今天一样形态化，地球上养育人类的草原等不到农耕和城市文明的来临。

在广袤的山峦草原上，这种源自农耕文明的家园意识被一种叫转场的生活方式演绎着。

草原上，由于海拔高度和地理位置的不同，形成不同草场间雨水、草类、草季的差异。牧民们遵循长期游牧的经验，按照气候的寒暖、地形的坡向、牧草的长势在一定区域内转季放牧，对牧场进行轮流利用和保护的做法，哈萨克族人称为"阔什霍恩"，也就是转场的意思。

牧道，一定存在，它是生命得以兴旺的驿路，是逐水草而居写在山峦上的诗文。转场是生的必然，也是繁茂的必需。没有一块土地永远地花开草绿，也没有一片天空始终蓝天白云。

如此，人生的转场也不可避免，各类生灵，也莫不如此。雁南飞就是这种动力的推拥。树挪死，人挪活，也不无这样的因子。一根筋地走到底，有时是值得击节赞叹的执着，有时是实不可取的愚钝。

转场是存活，更是寻求一种崭新鲜绿的出路。转场是生命之积极，是超越，是充满自信，是从一个胜利走向另一个胜利。转场与坚守并不相悖。相反，它是坚守一种生命的规律、进取的规律。在转场中，获取生命更多的希冀。

羊已做出榜样，万物之灵的人，还有太多的自以为是，自我圈禁、自我封闭是固守着一种陈腐的思想，对自己的转场无所思考，自然也无所作为。

职场的变迁，是一种转场；行进方位的调整，也是一种转场。转场只要无伤大雅，无害他人，只要有利社会，有益自己，就是无可厚非的。

此一时，彼一时，透出了几番无奈和残酷的现实，也应该是对转场的激励。此处不留人，自有留人处，也展现了转场的豪迈和英气。

转场，只要适应规律，适合自己，就会转出一片新的天地。多少因为固步自封而失去机会的人，还对转场充满陌生或者恐惧，其实，他们已然丧失了创造生活的勇气。

奥运圣火炽热的日子里，我为国手们鼓掌，也在他们获得的掌声、奖牌和鲜花中思索，我也联想到了这深刻的人生转场。

我首先想到的是那些黯然神伤的失败者。他们这一次是失败了，奖牌与他们无缘，鲜花与掌声也与他们无缘。然而，这失败只是暂时的，也迅即成了过去式。也许明天的世界杯，也许后天的锦标赛，也许四年之后的奥运会，他们会脱颖而出，光芒四射。或者他们执教了，转岗了，会在新的位置，英气勃发，收获成功。

转场，就有希望；转场，可以创造新的辉煌。我也想到了那些幸运儿。他们获得了殊荣，值得一生骄傲和自豪。但谁能拿着一块奖牌，从此荣耀不缺，掌声不断呢？偏巧我收到了一则友人的短信，说是以前奥运会金牌的获得者，有的转业，有的继续疆场驰骋，不一而足。

但也听说有的当年的幸运儿，不再幸运。光环已经不在，落魄也时时出现。有的甚至埋怨自己从事体育事业是一场错误。

对此，我也不愿妄加评论。但我还是得说，他们中有的人，也许对人生转场毫无意识，也许对人生转场缺乏把握，他们如今的境地，也许只有通过顽强、执拗的转场，才会有所改观。那么他们自己，还有曾经为他们鼓掌欢呼的我们，能否为他们再一次呐喊助威呢？

躺着的丰碑

一

一条路,在天山山峦间穿行绵延,盘旋起伏,这就是著名的独库公路。它以雄浑险峻,壮观奇丽,让行走过的人,叹为观止,难以忘怀。

我去时是五月,时令还属于春之季节。初夏的气息,在南疆、在乌鲁木齐,已扑面而来。但在独库公路的几乎全程的行进中,在崇山峻岭、在深川峡谷、在高原隧洞、在平缓雪坡的环抱的接力之中,冷冽,冬日般的冷冽,是感觉的主调,而阳光照耀下所产生的些许暖意,又是那么真切,至今都停留在我的毛发中,我的肌肤上。

即便寒冷,当我们的车辆驶上了达坂的高坡,远近的山峰和洼地陡崖,白雪皑皑,银装素裹,我们禁不住诱惑,在溜滑的道路上徒步了一会儿,借着奇美的景致,纷纷留影。

天蔚蓝，云洁白，山川也无不素净纯白。只有蜿蜒延伸、云带一样飘逸的公路，路面灰黑，像风雨中走来的一个汉子的脸庞，透着坚毅和干练。

我之所以没有用"沧桑"这个字眼，是因为，在沧桑之前，也有一个成熟男子的魅力和华彩。而独库公路，正当这个时节。

这是什么样的盛年呀，你只要看看，只要想想，这条公路的两旁，齐聚了多少壮美的奇景，你就不得不惊叹它的气节和质地了。

从库车到独山子，沿途或山体陡峭，或山石如林，或草原辽阔，或松树蓊郁。绿色漫无边际，毡房飘袅着炊烟。牛羊悠然地闲庭信步，雨雪成雾，也时不时地来此神游。

自然的景色总是令人陶醉、令人回味的。

二

一条百米长的防雪长廊，赫然入目。

像一列静止的火车，又像安卧着的一条巨蟒。当山峰上浪涛一般的雪团飞流直下，它凝然不动，雪团似乎畏惧而又无奈地止步。

防雪长廊构筑了一个温暖而又安全的空间，庇护了来来往往的人流。

哈希勒根高山隧洞，位于海拔3 300多米的哈希勒根达坂，这是国内最高的高山隧洞了，诸多雪峰都在它的足下，天堑变通途，不是一个神话。

而不少道路，几乎瀑布一般悬挂在陡山峭崖，仰之叹之，就想到了大诗人李白的诗句："噫吁嚱！危乎高哉！蜀道之难，难于上青天！……西当太白有鸟道，可以横绝峨眉巅。……黄鹤之飞尚不得过，猿猱欲度愁攀援。"

而有的路段一侧依崖，一侧依河，车人穿梭其间，也是惊心动魄，然又情趣盎然的。

这一定是世界上最险峻的公路了。据说，它被誉为公路病害的"博物馆"，雪崩时常活跃，泥石流也频繁捣乱。山体塌方和大雾迷途，也是说来就来。我们翻越达坂的前日，比我们早一天出发的同行，就被大雾锁在山间了，而我们的车行经的好几处，都是山峰滚落的碎石，幸亏披星戴月劳作的养护工，及时整理出了一个车道，让我们得以顺利通过。

路漫漫，这一路都是神奇，都留有感慨呀！

三

最令人感慨的，还有他和他们。

之前，我未曾听说过他。这只能说是我的一个疏忽，源于孤陋寡闻和某种迟钝。

他的故事已被搬上银幕。演员周里京扮演了他。

他的故事让许多人感动,也有人非议他对家人的不顾。

他也曾是独库公路的建设者。他始终不能忘记他的老班长,还有和他一起奋战的战友。

他说,有一年冬天,大雪封了山,也封了路,连通信也与山下中断了。山下可能以为他们还有足够的粮食,其实,他们已面临饥寒交迫。他和另外两位战友与老班长奉命冒雪下山,但途中发生雪崩,他们受困于山中,处境艰难。此时,老班长决定把所有的食品都交给最年轻的他,让他独自下山。待他完成任务,部队救援人员赶来时,老班长他们已经罹难,连肉身都无法找见了。

当老班长及其两位战友的亲人赶来奔丧时,他更内疚了,因为已无法确认老班长他们葬身何处了。

转业之后,他依然无法安心。于是决定独自回到天山,开始了漫长而又艰苦的寻找战友遗体的行动。

家人劝慰,他也置之不理。

终于,在雪山深处,他找到了老班长及其一个又一个战友的遗体。他第一时间通知了老班长的家人。而此时,他终于流泪了。泪水,止不住地流了几天。

1983年,也就是这条公路开工兴建近十年后,在天山南麓的乔尔玛,一个纪念牺牲在独库公路建设战役中的烈士的陵园建成了。20米高的纪念碑在天山巍然耸立。

168名战士的名字镌刻在纪念碑上。雪崩、泥石流、风暴与雨雪，吞噬了这些英雄的生命。他们中最大的31岁，最年轻的只有16岁，都是风华正茂甚或人生刚刚起步的年龄。

一条天山之路由此横空出世了，这是他们的生命所换来的！

四

山路，曲折壮观。它让南北畅通，天山为之闪开。

石碑，直入云霄。它庄严肃穆，令人心为之震撼。

路，是躺着的丰碑；碑，是竖立的路。

建路人，是将生命凝筑了长路，而把长路，奉献给了远方。

开拓者，总是勇于牺牲，他们倒下了，也是一座座丰碑！

五

此刻，新疆喀什境内，又一条高速公路——巴莎高速公路正在成形，它起于拥有300多万亩胡杨林的巴楚，终于诞生了深沉壮阔木卡姆乐曲的莎车，穿越了戈壁、半沙漠和大面积的盐碱地。

它是上海支援代建的工程项目，正在奇迹般地建设中。

它将是又一座躺着的丰碑，记录一代人的胸襟和拼搏。

草湖人家

因为有草湖派出所李教导员的引路,不费任何周折,我就找到了草湖深处老公安干警张新民的新居,一个数十亩的苹果园。

因刚迁入不久,苹果园的走道上,零乱地堆放着杂物,不过,园子里的苹果树仍有模有样。虽然三月里,苹果树几乎一叶不剩,已有二十五六年树龄的树木,也多少带点千年胡杨的沧桑和古朴,但树杈依然蓬勃,向天地展示它们的自信和阳光。

多条狗或悠然迈步、或躺卧在地。那条毛色金黄的苏格兰牧羊犬,竟像羊一样温顺,摇尾乞怜的模样。园子里狗比人多。

主人不在。夫人与李教导员挺熟,迎我进门,拿出两个茶叶罐,征询李教导员意见,龙井、毛峰哪个好些。李教导员也粗声粗气的:"都可以,人家是上海来的,都见过。"

夫人身体壮实,眉眼里有维吾尔族女性的特点,眼窝深凹,鼻子鹰钩型的。我以为她是维吾尔族人,但被告知,她是回族人。她说她是马步芳一个干将的外甥女,外公也姓马。当年外公因兵败不得不把外婆和母亲遗留在了莎车。20世纪60年代,舅舅还专程来喀,认领母亲。那时,外婆已经去世,母亲嫁了汉族人。舅舅让她离婚,母亲不依。舅舅怒气冲冲地走了,从此再也没见过。

多年后,夫人在兵团农三师四十三团任护士,嫁给了具有汉族血统的四十一团的张新民,也转到了四十一团工作。

他们的婚姻全无阻碍。原来张新民的父亲是汉族人,母亲是维吾尔族人。

张新民的父亲曾是王震的一个通讯员。父母亲的婚姻是组织牵线搭桥的,这话张新民夫妇没来得及说,是张新民的表哥与我的司机闲聊时透露的。

这也算是神奇的家庭了。

张新民的儿子进得门来,小伙子黑而健硕,长得像他妈妈。头发剃得几近光洁了,一副眼镜却透出几分斯文。他也不怕生,插嘴说:"我外婆是回族人,奶奶是维吾尔族人,外公和爷爷都是汉族人。"

而他活脱脱巴郎子(维吾尔语,意为小伙子)的模样儿。

正攀谈间,张新民回家了。

他是被从苹果园叫回来的。正是果树大忙时节,开埂、锄草、剪枝,他在田头忙乎着。

只抿了口茶的工夫,就感觉到这位汉子的爽直脾性和热情好客。又聊了几句喀什的维稳局势,他的政治水平和一番观点都让我刮目相看,他说:"在这里,基层政权建设真太重要了。"我也毫不避讳地表露了自己的赞赏:"你说得太对了,很有见地呀!"

其实是我太小觑人家了。他14岁当兵,转业后一直在公安部门工作,退休时也是公安处的一个正科级干部哩。

更让我惊奇的是,他写诗,写对联。

夫人从里屋拿出一本笔记本,诗写了好几页,钢笔字体写得工工整整的。有一则对联是他自身写照:情洒盖河两岸坦荡人生五十载大爱无疆,名扬喀什大地驰骋警界二十年铮铮铁骨。

这与黑脸膛、粗身材、衣衫沾满尘土的他,还真不相匹配。

更令我惊讶的是,他一开始只说上海有他的战友,他们有的在徐家汇、有的在闵行区、有的在黄浦区……他还在春节前为老排长寄过剔骨的全羊,后来吐露,他在上海待过,差点就一直待在那儿了,而这缘于上海知青对他的关爱。

他对上海充满真挚的感情。上海知青多半从事中小学教育,他就是他们教大的,学到了开放、胸怀和知识。他们还时不时给他送衣送鞋的。他的父母当年也常常邀请知青到家吃饭,打打牙祭。那年上海知青返沪,也把他带回去了,他待了有一年多。

他很健谈,一口流利的普通话。起先坐在桌前的板凳上,后来紧挨着我坐在了沙发上。

这汉子的神情、话语,让我不由地回想起了我时常思念的一个长辈。虽然,他只比我大七岁,但那种熟悉的亲切和关爱感,却是如此浓烈。

草湖,他说原来是一片芦苇荡。

清朝年间,有一个姓马的道台,将这片土地视为自己的花园,夏天常来此避暑。新疆解放,兵团战士放下武器,拿起了坎土曼,在这里开垦创业。沧海桑田,如今这里粮食满仓,工农商学兵、五湖四海汇一流。

他说他们是草湖三代人了。

他母亲,八十多岁了,身子骨还很健朗。

他完全是汉族男子的模样。

他怀念自己小时候孩子们无拘无束、嬉戏玩耍的那个年代。

他说他们兵团、他们草湖这里很安全,让我得空再来,四月苹果树就要开花了,来这里尝尝他们的土鸡和鱼虾。

他还让夫人去大老远的地方取苹果,这苹果确实又香又甜,他硬要让我带一些回去,让同事们品尝。

我记住了他们:主人,张新民,夫人,虎玉梅。他们拥有的是汉族人的名字,却流淌着多民族的血。

西域奇景：巴楚烤骆驼

一个巨大的烤炉，当地人叫馕坑，像一个口小肚子大的放大了几十倍的瓷缸，灰土色的，昂然而又默然地雕塑一般耸立着，巍然不动，却是冷面热心。一台起重机，黄绿相间，长臂高悬，铁绳和铁钩垂直而下，正中炉心，绷得紧紧的，如临大敌。

这馕坑上漆写着七个红色大字："巴楚烧烤美名扬"，上面还飞舞着一行同一含义的维吾尔文字。这起重机上则标有"神力重工"字样，标签上则注明，起重10吨。

有几位维吾尔族汉子在忙碌，一个系着白衣兜的壮汉还摆着桌椅，招待食客，一个桌上还堆着烤好的羊肉。羊肉少有人问津，也许都在觊觎着正烤着的烤骆驼吧。

这是上午11时许，我见到的一幕：巴楚金湖杨岛的一个空地上，一头是烤骆驼的现场，大半是另外的烧烤美食和临时停车场。游客几乎都还没进园，我和我的同行是第一拨游客，进入园内，视线就被馕坑和吊车所牵引。

这架势不是没见过，喀什高台民居前的平地上，一个巨大的馕坑也常年挺立在那儿。但今天的气象有所不同，我将有机会目睹，烤骆驼从这馕坑中被起吊的过程。

听说所烤骆驼约一小时前就被置于炉中。骆驼大小如何，何种样子，都无缘亲见。

正午，秋日的阳光依然热辣。站在阳光中等待观望烤熟的骆驼出炉。先还有几分耐心，渐渐地，心情也跟着烦躁起来。

有人抬出了两只鼓，又有人拿出了一支唢呐。敲鼓的双手挥动，鼓点是有章法和韵味的节奏，敲得人情绪高昂；而唢呐声声，也令人身心激荡。在这兴奋之中，等待之心愈加迫切。

一个戴小白帽的维吾尔族老人先自跳起舞来，他身材瘦小，面带微笑，旁若无人地跳，仿佛自得其乐。踩着鼓点，愈跳愈欢，像一个停不下的陀螺。跳的应该是刀郎舞了，巴楚也是刀郎木卡姆的故乡。有个大妈走上前摘下他的白帽子，塞进一张纸币，又有人在他的帽沿下塞了一张纸币。他仍然兀自旋转着，双腿配合双臂跳动着，面容一直微笑着。

游客流水般涌来，很快里三层外三层地围观着。我从最里面逃了出来，因为阳光太烈，脸庞发热。一站就是大半个小时，双腿也显疲软了。

在一辆面包车前站立，车身的阴影下显得凉快了。车内坐着有了一定年纪的维吾尔族老汉们，都戴朵帕，衣冠整洁，胸前还佩戴着奖章，大约是一批先进劳模。他们坐在车里足够安静，目光却关注着大馕坑，就像坐在剧场的包厢里一样。

我询问身旁一同站着的维吾尔族男子（模样似当地人），这里面的骆驼大约有多重，他迟疑了一会儿，说有500公斤重（后经翌日网上报道，说是350公斤）。这真令人惊讶，如此庞然大物，最后究竟是何模样呢？

刚才系着白衣兜的维吾尔族汉子踩着梯子，爬上了馕坑顶部，掀开覆盖着的铁皮一角，向里张望了一会儿。然后大声叫嚷了几句，我们却猜不透其意。有人说可能在叫吊车司机，骆驼快熟了，司机不知哪去了。又有人笑说司机在哪儿打瞌睡呢！我发现他是朝着展示馆呼唤的，感觉他是叫唤那些正参加美食节开幕式的宾客们：快来快来，这边骆驼快烤好了。同行也都赞成这一说法。

如此又是近半个小时，馕坑前头已簇拥了不少人，但还不见任何动静。

那舞者老汉跳了这么久，还坚持跳着。站在坑顶的老汉也不停地叫唤着。有一会儿，两腿还都踩在那铁皮上。我们真担心他会一脚踩下去，跌落馕坑，那后果真是不堪设想。

我们还担心，那边人迟迟不来，这边久久不起吊，这骆驼会不会烤过头了。

巴楚烧烤堪称特色，不过如果烤焦糊了，那味道也一定异样了吧。

忽然听到一阵掌声和笑声。还以为是起吊了，却见起重机的驾驶室里仍空无一人，那位老汉一手扶着铁钩，一手提着长棍，也无动作。原来是舞者老人累了，一屁股坐在了地上。这老人也够健朗了，这段时间我们站着腿都酸了，他一阵又一阵地狂跳，简直就像一个年轻人，不，比年轻人更强健。

他坐下不久，又随着唢呐的吹奏和鼓点欢舞起来。他的欢舞似乎就喻示着，这众人期待的一刻即将到来。

今天的英雄之一，就是他了。

还有一位英雄，就是那位站得最高的老汉了，他是烤肉的，但更像一个大型祭祀的主持人，众目聚集之中，一举一动都牵动人心。他偶尔掀起铁皮一角，往馕坑里探望。我们的目光仿佛也跟着他，投注到那馕坑里了。

那边终于骚动了。一大拨人群浪潮一样涌来，该是开幕活动已结束了。

这边，壮汉和另一位年轻人将两三张覆盖坑口的铁皮彻底掀起了。不知什么时候，起重机的司机已入座。壮汉一声呼唤，吊臂终于启动了。

铁钩冉冉上升，骆驼缓缓出坑。很快，烤熟的骆驼被悬在了半空。

它头尾倒置，四肢被紧绑在一个铁架上，它的模样已然大变，它的变化已超出我们的想象。刚才我们还在猜想它的形态，它的色彩，它的大小。一位同行说，瘦死的骆驼比马大。那么，这烤熟的骆驼呢？

这是骆驼吗？皮色已黑中带黄。身子已萎缩了，几乎就像一只羊了。当然，烤好的全羊就更小了。

有一股焦糊味直入鼻腔，这烤骆驼真烤焦了？

那一刻突然心里一凛，对这骆驼竟生怜悯。嘴里则喃喃，自己是不会吃的，也不想吃。不是因为它被烤焦，而是它作为一个生物，清早还鲜活生动，现在就只是美味佳肴了，心有不适。

我转身离开了，后面的刀起刀落，已不忍细读。

人群渐渐散去。我坐在不远处的一张餐桌边，与同行者一块品尝其他美食。

很快有人端来一盘烤肉，已切成小块了。金黄色的皮，红白相间的肉，他们说这就是烤骆驼，一定要尝尝。

我是在几番盛情邀请之下，才抓取了一小片肉块。我将它塞进嘴里，咀嚼着。老实说，这肉鲜嫩入味，还真不赖。

紧挨我坐的一位同行者告知我，这骆驼烤了约四个小时，再烤一会儿更好，愈烤愈好吃。而且烤的，绝对要比锅煮的好吃。

几位同桌正在津津有味地品尝着，而我方才刹那的怜悯感觉，也不知飘落到哪里去了。

"踩"玉若梦

这条河有一个很诱人的名字：玉龙喀什河。喀什，在维吾尔语中就寓意着玉石汇集的地方。长龙一般的河，蜿蜒伸展，也把人们的梦想引向缓缓流水，直至无限远处。

和田，也是雨水稀罕之地。北临世界第二大沙漠——塔克拉玛干沙漠。风沙时常遮天蔽日，迷蒙了几多岁月。但每逢夏日，莽莽昆仑，在阳光的逼视下，积雪消融，冰川裂解，洪水一路奔突，玉砾与冰块共舞，齐齐汇入玉龙喀什河，经过千百万乃至上亿年的打磨，顽石也必然开窍。晶莹纯白的羊脂玉脱颖而出，一茬茬地洗就，将和田也衬托得光彩夺目。一个地区因为玉石而闻名，和田应该是独占鳌头的。

和田，多少人趋之若鹜。玉龙喀什河，在阳光下闪耀着耀眼而又神奇的色彩。"踩"玉也成为玉龙喀什河独特的一景。

河流朝天敞开了胸怀。大多数时候，它流淌缓慢，闲庭信步似地，对灼热的阳光，一点也不畏惧。河床宽阔，也随时接纳怀揣着梦想的人们。当年疯狂开采的情景似乎还在水中映像。但此一时，彼一时，捡拾成为合法、合情也合理的唯一采玉方式。

据说真正上好的羊脂玉都在沙砾和流水之中，用肉眼是难以察觉的。你看这一拨又一拨的寻玉者，弯腰俯看，虔诚前行，却总是与温润莹莹的玉石无缘。缘，在目光的追索中，更在脚底灵性的踩踏中。传说，和田早先不乏踩玉的高手。他们用脚在河流里"踩"摸，好玉石逃不出他们的脚心。于是后人也纷纷效仿，"踩"玉若梦，梦中往往惊喜连连，醒后则空空如也，令人失落不已。

还是有人会去踩玉，虽然注定一无所获，但在这奇梦异想中身心轻盈，遐思翩然，就是一种享受和收获了。

于是人来人往，玉龙喀什河最不缺的就是寻玉者的足履了。当然大多数的还是以捡为主。我也捡到几块纯白的石头，却不是和田玉，只能说是名副其实的和田石。也有人拾到了一大摞的奇石，令人眼睛一亮。那些纹理和形状，是自然的造化，倘若不经历河水千百万年的洗磨，断然不会出落得如此别致的。

但至今还没听到欣喜若狂的喊叫。和田玉是奇迹，却并非人人都能创造奇迹。也许，真的"踩"到玉石，也许你也会小心谨慎，不敢过于张扬的。要不，凭借"见者有份"的说法，你的获得就将不得不被瓜分了。闷声发大财,在中国还是颇有道理的。

即便如此,那些从万里之外而来的上了年纪的人,也饶有兴致,孜孜不倦地在河滩埋首逡巡。他们不放弃梦想的权利,他们的梦想即使成空,也无伤大雅呀。

我自己从来置身于这踩玉梦之外。一方面,我不愿肌肤的色彩因此而愈加沉着;另一方面,我明白自己与羊脂玉的缘,无从谈起。

我就坐在车里,远远地观望着。这些不乏寻玉梦的人,有一种执着和念想,值得去推究,同时,我也捧书而读,我是从骨子里相信"书中自有'字'如玉"的。

我不会嘲讽,更不会妒嫉。我只是在旁观之中寻找到比玉更令我怜爱的一种善意的讥诮,一种美好的祈愿,一种天地如此静美的感喟。

我会为拾得一枚奇石的朋友赞美不已,也会把玩一块白石,摩挲不止。

我还在踩玉梦中品咂当年的裸女踩玉的情景和奥秘。在皎洁的月光下,一群群少女,赤裸地入水,用纤小的足踝探玉。这踩踏仿佛音乐与舞蹈,美轮美奂,令人叹为观止。月光、玉石和美女,构成了大自然的一幅绝美的国画,真的宛若在梦中,如天上仙境。至于裸女因此踩得的玉,更是让人心驰神往。被秋月照揽,被裸女亲抚,被圣水浸浴,如此之玉石堪称稀世珍宝了。

只是梦毕竟是梦。"踩"玉若真能踩出一个亿万富翁,玉龙喀什河早就被踩踏得不成样子了。

就当"踩"玉是一种游览，一种情趣，在"踩"玉中，感悟玉的品质、玉的神韵，也怀揣一种气定神闲的修炼。

至于在那里躺着的玉石，究竟落入谁手，这就不足挂齿了。

磨坊的记忆

都市里的孩子,是缺少对磨坊深刻的记忆的。大半是借助了旅游、影视和书本等,对磨坊有了粗浅的印象。而印象中,人力石磨坊无疑是主角。到了离上海万里之外的喀什,我对磨坊有更多的亲近,从此魂牵梦萦。

人力石磨,小时候见过,在一些农户家里。摞在院落里的磨盘,多半沉重,古朴,风霜雪雨,时光浸染,像历史的一座丰碑。而搁在灶堂里的,则显轻巧一些,使用频率也高,贵客的到来,也会使磨盘欢快地转动起来。由此磨出的面,格外鲜美。

一个春日,沙尘迷漫,真正苍凉凝重的磨坊,在我的眼里清晰起来。

泽普。从喀喇昆仑奔泻而下的叶尔羌河,由渠沟引导,丛生诸多枝蔓,喧腾地流淌。在一处水闸口,我们驻足观看。因为人为制造的落差,河水形成巨大的冲击力,令木质叶轮快速转动,转动的力量又带动木柱的中轴,很快让磨房里的磨盘,也缓缓旋转,发出声声沉吟。

这力的传递,让古老焕发了活力,让生命依然充实。

后来知道,这种水磨坊在喀什历史悠久。大约四五千年前,人们逐水草而居。喀什水系纵横,林草丰饶,人丁随之兴旺。水磨坊也星一般散落,发出了咿咿呀呀的生命的欢唱。河水在这里奔溅流芳,居民也在这里汇集交流,叙短述长。可以想象,文明也是迅速荟萃于此,让这片土地从此承载了厚重的文化力量。

虽然,文明的发展,让这些水磨坊变成了古老的事物,但走近它,你仍然会感到震撼。那里有人类的智慧,有缱绻的情思,有生命的跃动,也有深沉的回望。

维尔吾族兄弟告诉我,水磨坊至今还有人使用。除了我在泽普亲眼所见,在英吉沙亚吐格曼村,就还有七八个磨房。在疏附,也有常年不息的水磨坊,磨面,磨油,磨玉米……水磨坊养育了人们,也见证了历史。

走近水磨坊,感觉像面对一位沧桑的老人,倾听他的娓娓道来。而阳光下,喷溅的水雾,又像一片蒙蒙幕布,将过去和现在,五彩斑斓地展现。

这就是喀什的又一个迷人的地方。

不只是水磨坊。人类为了生存和发展,自会发明各类生产工具,磨坊也不例外。

在泽普,当地朋友又将我引领到了一个青杨树下的屋子。屋子昏暗，破旧，却见一匹老马在一个圆坑不停地打转。那圆坑直径不过五六米，老马推动着沉重的磨盘，那石磨之间，透明丰润的食油悠然渗出。

晕。如果让我这么无尽地打转，还不会晕倒吗？还是水好，自然而又人性。

由马磨坊也联想了许多，当晚即兴挥就了一首小诗。

这屋子里看不到星辰，也听不见哒哒的马蹄声，老马识途的抱负何处寄托，千里马矫健的步伐已然迟钝，就连呻吟都比空气沉闷。在昏暗的时空里，埋头走着一个不休止的圆坑，马不知道晕眩，站立的我晕眩了，那眼前拉磨的根本就是我，正一圈又一圈，机械地消磨人生。

在新疆，上海客人都说面食好吃，嚼劲足，也香。这与冬麦有关，也有磨坊之功。

在大都市，现代化的机器磨面是主流，嘴里吃不出那种美味了，还得吃这里石磨磨出的面。

有一次郊区一位朋友吃请，说到他家里吃当地土菜。满桌的土菜就不用提了，那几个窝窝头，竟让我们吃得欲罢不能。朋友告诉我，我们吃的这米是新疆朋友送的，这面粉，则是老母亲用手推磨，一点一点磨出来的，难怪这么可口清香。见那毫不起眼的手推磨，被搁置在屋角，对它竟生出几份敬意来了。

磨坊应该是古已有之的工具了。据说，中国古代要比罗马帝国还早就开始广泛使用磨坊,当时最为普遍的当数借助水流转动涡轮的磨坊,称为水力磨坊。说水力磨坊发轫于大农业时期,又发明于古代中国,应该也是可以考证的。所以,山川大地,只要有水,磨坊曾经随处可见。在咯吱咯吱的声响中,谷物的清香也在悠悠飘逸。

在荷兰,运用风力发电堪称世界之最了。风车林立,风轮随风晃悠,一片自然祥和,也是一大景观了。而在此之前,风力磨坊早已诞生。当年到荷兰观光,特地去郊外踏访水力风车,也走入农户和工场,去亲近给人带来温馨的磨坊。风力磨坊现在还广为使用,也足见其环保和实用了。

动物磨坊大约是最不人道的了。在南疆泽普,我眼见为实,却看得头直晕。离开后,每每想起,也会阵阵头晕目眩。我为这些拉磨的动物哀怜,也为至今仍有这样的磨坊存在,又感悲哀。

磨坊,本该是为人谋福的工具,人作为地球最高级动物,我们的行为举止,可否做得更高明一些呢?

法国诗人古尔蒙,曾写过一首名为《磨坊》的诗,充满古老的忧伤,足见磨坊对人类之深远影响了。其中有一段回旋其间,让人感怀不尽:"西茉纳,磨坊已很古老了,它的轮子,满披着青苔,在一个大洞的深处转着;人们怕着,轮子过去,轮子转着,好像在做一个永恒的苦役……"

这让磨坊又抹上了一种深沉的忧伤……

昆仑山上第一乡

昆仑第一乡,这是我对叶城西合休乡的赞誉。

这三年在喀什,到叶城的次数不计其数,足迹也几乎踏遍了这昆仑山城的各个乡镇,唯独西合休乡一直未能有缘深入。

西合休乡的名字,我一来就耳闻了。它蛰伏在昆仑山的深处,有一条修建到一半的残破公路,筋骨裸露一般地,与外界艰难地相连着。还有一则故事,是县委书记介绍的,说是一个老太太,在西合休乡生活了一辈子,从未离开过这片土地。年轻时她曾想到县城甚至更远的地方游玩,但丈夫怕她受不住外面世界的诱惑,会离开他,便不同意她外出。而待她可以说服丈夫时,她也老了,腿脚不便了,到县城的路坎坎坷坷,翻山越岭,坐毛驴车也至少得三天三夜。她只能作罢了。

前些年,乡村公路建设启动了,但实施到一半,因为山势陡峭,施工危险,又不得不搁浅了。新一轮援疆,上海对口喀什之后,我们无数次拜访自治区有关部门，呼吁并争取项目复工，几经周折，终于落实了数千万元资金，开始了后续拓建工程。我感到欣慰之余，也甚为遗憾，因为西合休乡究竟何种面貌，我从未一睹。几次在叶城意欲进入，都被告知，或天气不佳，雨水致道路泥泞不堪，或山洪冲击，通途险象环生，只得无奈放弃。

那天，到叶城调研工作接近尾声，于是提议上山，去西合休乡一看。得到的信息是，山上连着下雨五天，公路局部还有塌方，不宜上去。我稍作思索，还是决定，明天上山，若真受阻，就打道回府，那只能说明真与西合休乡没有缘分。

事实证明，这个果断的决定是明智的。我们的车终于克艰攻难，抵达了西合休乡。倘若今天不去，日后要去，就更无时间保证，真不知猴年马月能够成行了。

虽然这一路，确实令人提心吊胆的，有好多时候几乎是头皮发直，手心冒汗，眼睛也不敢正视车窗外的山谷。

从新藏公路零公里处出发，驱车127公里，翻越了127号达坂，然后长驱直入昆仑山深处。这一路山道弯弯，我们在崇山峻岭间蠕动爬行。五十多公里的路，走了三个多小时。车子忽而登上了山顶，海拔最高达五千多米，一览众山小，忽而又潜入了山谷，为群峰所环抱。忽上忽下，弯急坡陡，那种危险的程度，用千钧一发来形容，一点都不夸张。雨水洪水将本来就狭窄松垮的公路，侵蚀得更不成为路了。竖向的土块隆起或者塌陷，让车轮随时都会陷住，抑或弹跳而起。而如稍不注意，也有蹾下山谷的可能。依山而建的公路，好多路段都只能供一辆车通行，外侧多为虚土，底下则是悬崖，深的至少也有数百米。我坐在副驾驶位上，右手紧抓着把手，这一路几乎不敢闭眼，眼睛也不敢乜斜一下峡谷，还不时提醒司机"小心、慢些、注意"什么的，生怕司机稍有不慎。那真是差之毫厘、失之千里，不，还不止千里，几乎就是生死之距离！司机的目光刚离开前方的路，或者说了一句，那远处的山头什么的，车内必有人憋不住，让他千万别走神了。

有一处横坑，车子跳将起来，大家也发出了尖叫。有一个弯道口，竟然还有一辆小货车迎面驶来，速度还挺快，我们的车紧急避让，幸亏此段路面宽些，才不至于腾空飞出。而手机通信信号全无，让我们更是心生惶恐。如果出了什么意外，是难以及时获得救援的。沿途的路还在施工，断断续续的。高而险的窄小的工作面，皮肤晒得黝黑的工人们，在阳光的烘烤下，蚂蚁啃骨头一般，在艰辛而又执着地劳作。这盘旋的山间公路，蜿蜒曲折，登攀难，修筑更难！

西合休乡终于到了。首先映入眼帘的就是居民沿路而建的土坯房。还有路旁的巴扎，当地人在那里交谈、交易，三三两两地聚集。乡政府算是比较醒目的建筑了，也就简陋的几间平房，一个水泥地的院落。

西合休乡海拔2 995米，位于昆仑山的山洼之间，占地面积1.39万平方公里，有两个上海那么大，绝大多数是高山野岭。目前居住着五千多人，维吾尔族人最多，其次是克尔柯孜族和塔吉克族人，汉族仅十三人，皆为县里派来的干部。那几个瘦黑的小伙子，最小的二十三四岁，年长的也仅三十岁出头，也并不都是新疆土生土长，分别来自甘肃、河南、江苏和四川等地，在新疆念的大学，都是叶城县乡的公务员，被派来这偏僻穷困的西合休乡工作。工作时间最长的是一位复员军人，待了七年。他们的生活与工作的艰苦是可想而知的。

一位姓香的副乡长告诉我，按规定，他们每月必须有二十天在山上，其中十天必须沉到村落去。另外十天可以回县城，但路途迢迢而艰难，他们有时也就待在山上了，工作是他们几乎全部的生活。

雪山融化的水，在山涧流淌，有时湍急，有时不绝如缕。它们汇成一股闪烁的波光，跃动着，鲜活着，让这深山沟壑间增添了一脉生动。这清澈洁净的水是大自然的恩赐，不仅滋润着山间万物，也是这里的居民唯一的饮用水。

这里用的是太阳能发电。蔬菜无法生长，都是从山下县城运上来的。但这里的牲畜达到七万多头，以羊、牛为主。只适宜在高原生存的牦牛，在路旁山坡时常可见。它们高贵而谦恭，毛发闪亮，脸相英俊，信步悠然，不失尊严。当在公路上与我们的车撞见，它们全无主人的骄横，只是往路边退去，礼让着，绅士一般的姿态。

在乡政府便餐，吃的是夹生米饭，这是高原的特色。简单的几个蔬菜炒肉丁，已令我们心满意足了。没想到他们宰了一头羊，已下锅煮了，还备了伊力特酒。实在盛情难却，我搛了一小块羊肉，仰脖喝了小半盅白酒，代表我们这一行给了他们一些赠款。

去了数公里之外的草甸。绚丽的山花开得极其烂漫。那大片密密麻麻的黄色的花，我们原以为是菜花了，实际是这高山的产物：青稞草。而那细弱单薄粉白柔嫩的花儿，香味淡淡的，则是野茴香了。还有几种野花，叫不出名儿，但在微风中摇曳，在这深山鲜艳夺目，也让人折服。它们与在这里生活的人们，都具有别样的质地与价值。

我们的车缓缓离去时，虽车窗已经关闭，贴了膜的车窗，外面的人已看不清车内的人影，但还是瞥见了路旁两位老人，留着长须，头顶白色小帽，面带祥和，向我们挥手致意。那轻轻地扬手，让我们心生感动。

来回十多个小时，精疲力竭，但是终于圆了西合休乡之梦。而心里从此又有了新的挂念：这昆仑第一乡，这朴实善良的乡民，我们还能够为他们多做些什么呢？

红柳的天地

羊群离开了荒凉的戈壁,欣喜万分,那将至的淡淡的嫩绿是它们的最爱。鸟儿飞掠戈壁,也是几无停歇,空寂与寒冽,令它们不愿多加驻足停留。游客们自不待言,戈壁是旅途中的暗淡,虽然新奇,匆匆一瞥也就足够了,恨车轮子还太慢,心早就驶向了绿洲。但红柳,却在这一片不毛之地扎根了,沙尘飞雪,漫漫时日,它们顽强坚守,不离不弃,用自己的生命和妩媚、鲜活,滋养了这个天地。

初次见到红柳,就被红柳深深吸引。那是秋天,我刚闯入南疆,戈壁滩大海一般袒露在我眼前。干旱而又富含盐碱的戈壁上,几无生物可言。长期浸淫于郁郁葱葱的本性南方的眼睛,都有些迷茫了,面对突兀而至的戈壁,心有惶惑。但我一眼认出了胡杨,他是闻名遐迩的荒漠王者,他挺立在那里,无法言说的壮美,无所畏惧的姿态,无以撼动的坚韧,崇山峻岭一般的崔巍,仿佛饱含了日月精华,雄性傲然。戈壁,因此也显得更加粗犷和野性。瞬间,我又瞥见了那一丛丛的紫红。远远望去,仿佛是天空中的一缕缕彩云,又似乎是黑黢黢梦境里的一叶叶方舟。之后,又是偌大的一片,相互依偎形成了紫色的云团,有时又如花瓣一般散落,在沙砾地上蜷伏。像一队柔美的舞蹈队员用肢体正勾勒着美轮美奂的造型,衣袂飘飘,火一样的鲜活,让我看呆了,几乎惊叫着询问:这是什么树种,怎么会在戈壁滩上如此精彩绝伦?

从此认识了红柳,并深深为其折服。看似娇弱的身躯,至多也只有2—3米高,更无粗壮的树干支撑,卷曲的枝条也是乱发似的,却将一簇簇鲜艳展现给了戈壁。

在春天,多少流沙也掩埋不了她。她温柔中带着倔强,执着地从沙土中探出腰肢,细柔的枝叶上,奇迹般地绽放出红色的小花,叶绿花红,装点着戈壁,也衬托着胡杨,使其显得更加伟岸挺拔。

在干涸的荒漠中,红柳的根须在地底下柔韧地延伸,深深地植入大地深处,与土地紧紧相依,与戈壁身心相融。她吮吸的是戈壁盐碱的苦涩,却回馈戈壁天空一片温馨的飘逸。

红柳是睡着的冰,是卧着的树。红柳的根蒂有多深,天地就有多大。红柳的根须最深、最长的竟可达到三十多米!这在树中十分罕见。根须茂密,如同甚至超越树枝一般蓬勃。

在戈壁上,倘若见到那隆起的一个个土丘,那里就隐藏着红柳,她终会在某一天伸展她的腰肢,亮相她的美艳;如果你见到那红柳遍布的戈壁，沙土何等的平静和规整，那是红柳用自己的生命化解了风沙的躁动，用一片柔情挽留了绿色游移的脚步。

有一种叫作沙漠人参的植物，学名为肉苁蓉，它就寄生于红柳的根部，萌芽发育，离开红柳一步，都无法繁衍。

有一种草叫骆驼草，也顽强地生存于戈壁滩之上，无惧风寒寂寞，只要有红柳相伴左右。

长途跋涉的旅人，见到红柳，往往眼睛顿时一亮。淡红色或紫红色的花瓣，非常别致，在茫茫天地的映衬下，显得特别醒目，把眼前的世界一下子渲染得无比的美丽。

红柳耐旱、耐热、耐盐碱、耐风蚀，还极耐沙害。但我更赞叹她的不惮寂寞，不惧冷弃的风格。我相信植物也是能够思想的生命体，红柳自然也是。她咬定荒凉不放松，遍地生根、开花、结果，飒爽英姿，独领风骚。她自5月下旬至7月开花，色泽愈益浓艳。叶绿花红，赢得千万只蜂，萦回盘旋，逗留采蜜。

在高原、盆地、沙漠和戈壁，随处可见红柳的身影。愈是人迹罕至，生物难以生长的地方，红柳像一面旗帜，骄傲地生长着。

在我的眼里，胡杨是雄性的象征，而红柳无疑是女性之美的凝练和典范，戈壁因了红柳，仿佛才成就一个生动而完整的天地。

红柳，纤弱身躯，柔媚风情，挚情禀赋，坚韧品性，令人敬佩和仰慕。我总是将红柳与胡杨相比，甚至将他们比作是荒野中的一对恋人。

初涉戈壁荒漠，就有一种直觉。胡杨是雄性强悍的象征，红柳则是女性柔媚和坚韧的绽放。她是耐得住寂寞的，也极具绚烂之美。其绝大部分潜藏蜿蜒在地底下，与泥土交融。神秘，幽深，执着，摄人心魂。我赞美胡杨，更赞美红柳。

一个渴望有所成就的女孩，总是哀怨缺少机会，她在酒吧和商场里消磨时间，也在网络上幽灵一般游荡。我说，接近红柳吧，学习红柳吧，你应该像红柳一般内敛、沉静而又粲然绽放。

一个在僻远山区工作的网友，也抱怨时运不济，没有在北京、上海这样的大都市生活，也没在稍有点面貌的城市工作。我说，认识红柳吧，借鉴红柳吧，你可以从她的身上汲取孜孜以求的力量。

毋庸置疑，缄默着的红柳还在向我们传递着更多的东西。因为，红柳的天地不仅要用眼睛，更要用心灵去发掘和感悟。

巴扎的味道

到南疆,不到巴扎走一走,不去感受那别样的情趣和味道,你就无法亲近维吾尔族,也无法知晓他们的一种快乐而又悠闲的生活和交易方式,也就无法了解南疆这无比美妙而又神秘的土地。

所谓巴扎也就是我们通常所说的集市。在南疆的每一个乡,几乎都有巴扎,或大或小,或多或少展现出维吾尔族人浓厚的生活风俗和特色。

就像内地的很多集市一样,巴扎最主要的功能之一,就是作为一个交易的平台。维吾尔族天生就是一个善于交易的民族。他们用自己劳动所得的物品,在市场上换取自己所需要的物品,等价交换,却并非锱铢必较,交易时表现出的一种豪气和果敢,有时会让怀有小肚鸡肠的远方客商羞愧难当。虽然如今现金交易已是主流,但以物易物的方式也仍然存在。

来赶巴扎的，有的牵着一只羊、一头毛驴就来了，有的在简易的凉棚一字排开各类食物。现烤的馕最为醒目，一摞一摞的，散发着诱人的清香。这新鲜出炉的烤馕，据说不能马上入口，否则太有味了，不知不觉就可以吃下好多，必会导致肚子发胀。织毯也是经常见到的货物，色泽鲜艳，编织的图案也丰富多彩，这是维吾尔族的一个特色产品，世代相传，令人有目不暇接之感。

巴扎上多为手工制品，如陶制器皿，胡杨木制的树雕，以产于英吉沙最为出名的小刀，等等。我在喀什的大巴扎浏览，还见到过颇为别致的化妆用品，有薰衣草调制的香水脂膏，也有利用维吾尔族草药制作的各类食品抑或补药。

南疆的干果是很丰盛的，很多农民都种植核桃、杏果、葡萄、红枣、巴丹姆等。干果在巴扎琳琅满目，是主角，也蔚为壮观。

品尝干果，一般是很受欢迎的。但你若太随心所欲，吃了几颗，又抓了一把，那摊主不仅会朝你白眼，还会走上前，搅了你手中的食物。你把品尝当作唯一的选择了，连一点购买的欲望都没有，自然是不受欢迎的。

赶巴扎的人们，许多是穿红着绿的，像过节。男人有的戴起了朵帕，一种多褶的花帽；也有的穿起了袷袢，则是庄重和喜庆场合的衣着。女人们很多是穿着"艾德莱斯"，这是一种用蚕丝编织的衣裙，五颜六色，十分艳丽。当然，蒙着纱巾的女士，甚至只露出双眼的女士，也是时常出现的。

从衣着装扮可以看出，赶巴扎还有悠闲放松犹如过节的功能。一般一个乡村一周轮到一次巴扎，县城的大巴扎也会定期组织。逢年过节，特别是古尔邦节，巴扎上经常是人流如织，人们携儿带女，全家逛大巴扎是节日中的一个重要内容。

在巴扎，很多人一待老半天。老人们抽着烟，孩子们满地奔跑、玩耍，妇女们也三三两两围聚在一起闲聊，一幅繁闹而又恬适的农村集市图景。

在巴扎交谈、闲话、叙叙家常、扯扯养植和育苗的道道，也是一大乐事。

我在巴扎见过一个维吾尔族男子，带着一个小男孩。小男孩调皮地蹦跳着。我拿相机拍摄，他躲在了大人身后不探首。还是那男子对孩子说了几句，把孩子推到了前面，让我一次拍个够。后来与维吾尔族男子聊了几句。他知道我来自上海，还一再邀请我到他家去吃羊肉，我婉谢了，这也让我对维吾尔族兄弟的一片至诚有了了解。

巴扎有时就设在国道两旁，显得有点杂乱。我每每坐车经过，总提醒司机开得慢一些，注意赶巴扎的行人。也每每碰到一些险情。那些孩童，真正的小不点儿，在马路上乱窜，全然不顾汽车的来来往往。有的还特别胆大，等着我们车开过，用小手掌去拍一下车身，真为他们捏着一把汗。

巴扎是一个大舞台。你可以由此发掘维吾尔族许多有趣的生活画面，认识一些原本陌生的维吾尔族男女。更重要的，你会发现类似《清明上河图》的景色，在这里也生动地展现着。不同民族在集市的表现上，竟然是如此相似！

左胡杨，右沙漠

初冬的巴尔楚克，微风、无雨、阳光苍白乏力。我和我的车队沿着叶尔羌河，向图木舒克进发。左边是浩瀚无垠的原始胡杨林，右边是莽莽苍苍的沙漠海。它们构成了一张充满张力的巨大的弓，我和我的车队则如箭一样飞驰，前方必有神奇在等待着我。

巴楚的胡杨林，本身就是大自然的奇迹了。三百多万亩的原始森林，密密匝匝，茂盛雄浑，成为矗立在塔克拉玛干沙漠边缘的一道伟岸风景。我几次涉足胡杨林，也曾登上数十米高的防火瞭望塔，遥望并惊叹这气势恢宏的景象。但我充其量只能算是领略了胡杨的冰山一角。胡杨的深邃我浅尝辄止，一掠而过。同样，对位居世界第二的塔克拉玛干沙漠，我在它紧邻的绿洲无数次穿行，对神秘的沙漠，我绝对是敬而远之的。今天，我直逼胡杨林和沙漠的交界和深奥之处，我要寻找他们的共同的灵魂。是的，我断定这两个截然不同的世界，一定拥有同样的特质和禀赋。

从喀喇昆仑山的乔戈里峰雪山融化的水,汇成了叶尔羌河的主流。到了巴尔楚克,叶尔羌河显得柔弱无力,水流滞缓。但如果不是尘土漫卷,泥沙俱下,这里的河水大多时候是清澈盈盈、波平如镜的。它的纤巧而涓细,恰好衬托了胡杨和沙漠的强悍和威严。胡杨林,千年不朽;沙漠海,深不可测。它们在这片干旱和悠远的土地上,毋庸置疑地成为霸主。

小车在不成为路的路径上颠簸行走,车轮扬起一片尘土,尘雾瞬时弥漫,阴霾一样迷蒙了视线,模糊了方向。开了强光的小车,只能暂停片刻,待尘雾稍见稀薄,便又冲将上去,东倒西歪,但坚持前行着。前面的车子时隐时现,阳光暧昧地观望着,天地混沌。忽然眼前豁然一亮,尘幔轻步移开,大片开阔的沙漠出现在面前。蓝蓝的天幕下,沙漠袒露着一切。芦苇正在摇曳,麻黄草丛生如林,草也夹杂在其中,天际有遥远的地平线。

陪同的当地朋友说,这里曾是一片湖面,有一个美丽的名字,叫卓尔湖。我踩在这酥软的地面,忽然脚下传递出一种快感。这细沙上面,是一层层薄薄的脆土,泛着白色的盐碱。贪嘴的我突然就想起了一种千层酥点心,又称"拿破仑",口感脆而香甜。这会儿感觉足下都是千层酥了,一脚踩下去,味蕾也似乎捕捉到了这一美感:吱吱作响,有清香扑鼻。原来味感也是与脚丫子息息相通的。我沉醉了,乐此不疲,很快就将一小片沙漠踩得熟熟的了。后来,几位同伴也被感染了,他们踩着那一片"拿破仑",是否也回忆起了美好的少年华光?我们最后禁不住大笑起来,说刚才在路上还在吃"炒麦粉",意为风沙灌鼻,现在则品尝到了"拿破仑",真是大饱口福,今天即便吃了三两土,见到这神奇沙漠,也值了。

不远处,又一排低矮的石砌房突兀地出现。石砌房一字排开,共有四个门洞。里面空空如也,尘埃满地。房屋还有一个石垒的小小的馕坑,边上一根光秃秃的树杆孤立着。几步之外,又见到几个简易的地窝子,拾掇一下,显然还可勉强使用。原来,这冬日草枯水干的地方,在夏天则是水草葳蕤。牧民们就是到这儿来小住,放牧羊群,"逐水草而居"。可以想象当时的一番闲适的画面,那可是充满着诗情画意的景象呀。

但此刻,大漠空旷,胡杨寂寞。砭人肌骨的凛冽,令我们不能在车外过多久留,依恋不舍地又向前进发了。不远就是小海子水库,正碧波荡漾,风光旖旎。我明白了,胡杨和沙漠历经沧桑,曾有过的辉煌文明和正在不屈不挠孕育的生命,总以不同的方式生生不息,闪烁着一种亘古不变的人与文明共存的光辉。

尘雾又起,颠簸重现。前面的车又一次声影全无。路口正巧有一个身披军大衣的护林工。他随手一指,我们便急急地追赶过去,却一头栽进了死路,胡杨树密密地横亘在车前。是这个护林工胡乱指点,引我们走上了歧路。也许他并无恶意,只是在几无人烟之处,他太寂寞了。

乌恰一日

我们援疆指挥部集体活动到喀什附近的克州乌恰县。那天天气晴好,阳光下暖融融的,放眼望去,雪山、蓝天、白杨、戈壁……这也是一个踏青的时光和地方。

乌恰位于中国最西边,柯尔克孜族人占了80%以上。柯尔克孜族导游吉帕尔姑丽这样自我介绍,她的名字的汉语意思为"含香",随后她主动报了自己的年龄:23岁。含香身材苗条,肌肤白皙。或许是南疆干燥和紫外线的侵蚀,娇小的脸颊微红,细微的纹底,眼部皱纹深深。她头戴一顶花帽,一身粉白色连衣衫,披一件墨绿色风衣。她很自然地与我们集体与个人逐一合影。她说,乌恰在公鸡的最尾部,说得挺形象。

在稍高一些的南山,小小的县城尽收眼底,2.5平方公里已建成的城区,还是1985年乌恰7.4级地震之后重新规划兴建的。以多层住宅为主,间隔一些小高层,甚为简洁。

土山堆垒，绿树种植，是这些年辛苦建设的。绿树两千多亩，大多还是幼树，但我感觉到了一种顽强的生命力。这里的百姓对这片被昆仑山与天山夹击的土地，不离不弃，努力建设自己的家园。现在机关干部们还有考核指标，每人每年要种植一定数量的树木。我看到不远处就有十多个人，其中还有几位妇人，正在埋首掀土植树。

柯尔克孜族共有18万人，16万在克州，其中4万在乌恰。新疆所有的矿产，乌恰都有，范书记自豪地说道。

我们在乌恰国际商务中心用午餐。席间，有歌舞节目表演。我是专注地观看，还用力鼓掌。双人舞为《伙伴》，单人舞则为《马奶飘香》，表演者都是柯尔克孜族女孩，长得靓丽。她们与汉族人相貌几无差异。单人舞者也是主持人，十八九岁娇小模样，名叫迪丽娜，意为"美丽的姑娘"。姑娘的纯情溢于言表。她给我戴上了一顶柯尔克孜族的白毡帽，高高雪白的帽顶，象征高耸的雪山，翘起的帽沿好比溪流飘逸。这是柯尔克孜族献给尊贵客人的礼物。

大啖马肉，是我到克州一乐。马肉酥软可口，又都是不饱和脂肪酸，我便大快朵颐了。

乌恰山区，原都是海底。山谷或如人工铲削、或如风蚀地貌，大都干涸不毛。五彩山比阿图什七彩山逊色，但岩洞时见，狐狸出没。左昆仑、右天山的地理位置，也甚为奇特。

前方，从天山雪山融化的水，宽处达十余尺，裹挟着泥沙，形成一条滚滚向前的溪流，横穿奔去，堵住了我们的客车。虽只二三十厘米浅，过不了两小时，就可深达一米有余。车即便过去，回来也不行了，只能绕道。

车在颠簸的山路前行，犹如艰难坎坷的情感之路。柯尔克孜族导游含香的鹅毛冠在前边一颤一动，任何畏惧此刻都悄然退却。裸露的山地，在四月下午的阳光下，沉默不语。车内很热，我也无语。

S309省道多处被溪水割裂，我们的车几经盘桓，在一个浅显的水流处，终于冲上了正道。又见一个深水坑，大半个轮胎陷了进去，但顺利走了出来。道路立时顺畅起来！乌合沙鲁乡，乌恰最小的乡到了。牧民骑马，静立戈壁。一片看似弱小，其实古老得已逾千年的胡杨，散落在一道峡谷一般的低洼地里，凝重而又安祥。山谷空寂，我们是一群不速之客。两侧的土山刀削斧劈似的，一边如墙，一边狮鼻堆砌一般。中间是平坦的戈壁。忽现一大片水草丰茂的绿洲，胡杨依水溪而居。有大批成团的，也有隔一段立足一棵。六七千棵胡杨令这片人烟稀少之处，倍添生气与活力。

草甸、胡杨、土山，淡绿、银灰、土黄。踩上草地，一股清新裹着牛粪味冲鼻而来。湿润的草地、清晰的足迹、一堆堆新鲜的牛粪，间或有闪亮的溪水流过。古胡杨，是这里当然的主人。或黑或白的羊，懒散地在尚未返青的草地上，享受着无法理喻的宁静。

贝壳山，一厚叠的贝壳依附在海底石山表层。多少年前，海底抬升了,远离了水面,多少年后,贝壳变成了化石。蚀空的风洞里,是说不尽的岁月沧桑。

我们的归途中,一辆当地卡车陷在了洪水泥淖里。我们的车帮助他们牵引,费了一番周折。卡车上是一位缠着纱巾的柯尔克孜族妇人,车子被拉出后,她连说这辈子第一次碰上。我们的车也艰难地扭动着越过了这一洪流。它明显比我们刚来时要汹涌多了,再称它为溪流已不合适了。

沿途一些土山,石林一般。有一处很像一个猿人蹲伏在那里。有的像布拉达宫似的,壁立着,颇有气势,给旅程增加了一些趣味。晚上过九时了,我们才进入喀什。

国庆,在第七号界碑

人总得为信念和责任活着,并且快乐地工作。在红其拉甫的边防哨所,当我站在第七号界碑边上,摩挲着这普普通通的花岗岩石,看那些年轻的士兵带着淡淡微笑的神情,在这哨所旁安然地来回时,我对上述这一句话感受愈深。

这也是年轻的士兵们无言地告诉了我这一些。这是继去年国庆节之后,我又一次在国庆节前夕,来到了这中国第一高度的边防哨所。去年踏足之前,我对此哨所仅仅略知一二。这两次的登临,我对这哨所及其驻守的士兵们,分明已刮目相看了。

红其拉甫,海拔5 300米,是我国最西端的一座哨所。它位于帕米尔高原,属于喀什地区,离世界第二高峰乔戈里峰近在咫尺。它还紧挨着喀喇昆仑山,对面就是巴基斯坦了。红其拉甫的位置的重要性,也就不言而喻了。

秋天的红其拉甫，天蓝雪白。冰雪像巨大的手掌，覆盖着山峦。寒冷砭骨，氧气稀薄，坐在车里就感觉昏沉沉的，像病了一般。我下了车走了几步，趔趔趄趄的，且走得极为缓慢。一是路面湿滑；二是头晕、气喘，心口抽紧了似的，想走得快些也力不从心。游客几无人影，用当年马可·波罗的话说，"这里，连只飞鸟都看不见……"当然，马可·波罗如果在世，看到如今的红其拉甫的景象，也会生出另外的感叹。因为在这里，道路已蜿蜒于山间，建筑已架设于山峦。哨所高高地矗立着，像一只巨大的雄鹰，屹立在山峰之间。而年轻战士们矫健的身影，也像绿色的树叶，闪现着生命的活力。

战士们相当年轻，来自全国各地，大多还像个孩子，有时攀谈几句，便露出了腼腆的笑意。有一位正站岗巡视的士兵，当一位女游客要与他合影留念时，他婉拒了。那位女游客深表遗憾，只能让同伴在一边悄悄地为他与她迅疾地拍摄了一张。我猜想，那镜头里的一刻，小战士的脸一定是威严而又恬然的。我和小战士聊了几句，得知他来自甘肃，他的家人也都在甘肃，说话间，他的目光里流淌过一丝温情。我想，这是触动了他心里的柔软，他一定是想家了。这样一个年纪的孩子，远离家乡，远离亲人，在这冰山雪峰之上，思念也许就是生活中重要的一部分乐章。我在他这个年纪的时候，住在学校念书，即便与家人同在一个城市，那种思家之情也是十分浓郁的。家，总是最踏实、最令人温馨的地方呀！

而此刻，又有多少人在这个节日不能和家人团聚，他们坚守在自己的岗位上，为了某种信念和责任，实践着大写的承诺。即便思念如风一样不时吹刮着他们，他们捋一下头发，依然坚定地前行。

帕米尔高原是一个绝境胜地。红其拉甫则是绝地之绝，波斯语意为"血国"，它让人望而却步。

在红其拉甫边防哨所的战士们，长年驻守，给养主要由山下输送。他们在这峻陡的山崖上，在这冷清的环境中，还时刻保持着鹰隼一般的眼力。这里通向异国。第七号界碑，正面，是汉字"中国"两个大字，而背面就是巴基斯坦的文字和标志。国门在这里神圣而又庄严。我在这正反两面，都拍了照片，让同伴为我留影。这是我两次在国庆节留下的痕迹，也是两次非凡的记忆。远处巴基斯坦的哨所也在雪中安卧着，不见一个人影。只有皑皑积雪坦然地铺展在路径和四周的山间，无声地歌唱着。据说，有时巴基斯坦的哨兵们也会向我们的士兵招手致意。我们的士兵会扔给他们手榴弹造型的二锅头，而他们也会回赠本国的食物。碰巧时，有的游客荣幸之至，还可与巴基斯坦英武的哨兵们合影。在这里，除了戎装维护着国家的威严，那笑意和眸子里的亮光是完全人性化的，那是和平的阳光。

此刻，我真的感叹，和平真好，睦邻友好真好！多少年来，边境的流血事件屡有发生，让边境线成为一种可怖的流血线了。于何国何民有利？和平应该是这个世界永远的主旋律！

听说，中央主要领导曾亲自登临红其拉甫，视察慰问，自治区的书记也只身来到红其拉甫。红其拉甫虽然看似弹丸之地，却在国人心中具有极其重要的地位。某一年春晚，当红其拉甫哨所的战士们出现在镜头里，并向全国人民拜年的时候，我想，他们一定感觉到心里流过一股暖流，因为全国人民都在关注着他们，在向他们拜年致意。这是多么荣光的时刻！

更多的节日和平常的岁月，他们是冷清的，是艰苦的，像山上的雪莲一般的寂寞。但他们的绚烂，执着于山巅，是无与伦比的。不只是他们。你、我、他，也许都是如此。牺牲了与家人团聚、与家乡拥抱的美好时刻，但节日的光芒与信念和责任的火焰交相辉映，那是愈加璀璨的时光。

这也让我生发联想：节日究竟如何过得有意义和价值，人生又如何过得更加充实和快乐？在红其拉甫我已深有所悟。站在第七号界碑前，摩挲着这花岗岩石，我想念着远方，想念着家人，默默地在心里祈祷：为亲人祝福，为祖国祝福！

烽燧的咏叹

在所有古代遗址中,令我最为注目,也最富遐想的,就是貌不惊人的烽燧。也许它已风蚀颓败,也许它仅留一点残破的废墟。但只要瞥见它,我就会肃然起敬,并且致以长久的注目礼。

在南疆,在古丝绸之路,烽燧已所剩无几。但这仍是我在国内各地见得最多的烽燧遗址。它们茕茕孑立,稀稀落落,已不见当年的豪迈。帕米尔高原上的几处烽燧仿佛一个个弃儿,被搁置在荒瘠的山涧,一任风雨剥蚀,却无人认领。保存尚好,也保留了一丝雄健和气势的,当属库车地域了。当年的龟兹王国,也是繁盛之地。烽燧林立,是汉唐王朝在此设立了西域都护府之后,为防匈奴的侵扰,特地筑建的。它原本就是古代边防报警之用,明代就有"五里为堡,十里为屯,使烽燧相接"之说。一座座烽燧连成一条条线,蜿蜒在边防境内,形成了一道道独特的风景线。库车的烽燧共有三条线路,其中保存最为完好的则是克孜尔尕哈烽燧，其位置扼守古丝绸之路北道，经历了两千多年的风雨，仍顽强地挺立着，仿佛古代将士不死的灵魂，也标志着一种绝不退缩的精神。

远远望去，夕阳之中的克孜尔尕哈烽燧，就像一个勇士的背影，也好似大地傲然跷起的一只拇指，展示着一种力量，不可阻挡。十里烽燧，就是一座巍巍长城，不得逾越。

实际上，烽燧的名字也是有演变过程的。最早统称为烽火台，之后因为白天点的是烟，晚上燃的是火，就分别称之为烽与燧了。又因为狼粪点燃的烟轻飘如云，也常用烽烟直接取代了，"烽烟"以后也成为战争的代名词。烽烟四起，就是战乱频频，天地不安。如今的烽燧虽雄姿犹在，但只是作为一种古迹供人观览。安静祥和的神态，也象征了今天和平的可贵。

烽燧，不只是强悍英勇的表征，也有柔美凄婉的故事与它相联。就说克孜尔尕哈烽燧吧，这名字其实是地道的维吾尔语，翻译成汉语，即是"公主留此"的意思。原来，这里寄托着对一位美丽公主的无限思念。

传说古龟兹国王的女儿生得既美丽可人，又十分聪慧，是一位人见人爱的女孩。国王夫妇爱女心切，想为她卜算一下未来的吉凶。孰料，相士占卜的结果令人心惊：这女孩必被毒蝎蜇死，并且无可挽救。国王夫妇自然悲从中来。他们想了很多招数，想帮助爱女躲过这一劫数，但始终毫无良策。后来,一位大臣献上了一个点子,他让国王在戈壁上建一座高高的城堡,这样,毒蝎就无法攀入进而侵犯公主了。正一筹莫展的国王顿时喜出望外,连忙发诏建设。完工之后,就让公主移居于此。

公主与世隔绝,自然郁闷,国王便隔三差五自己或遣人去探望。有一回,睦邻国的国王送来时鲜苹果,国王连忙嘱咐手下给公主送去。这光鲜圆润的苹果,也让公主十分喜悦。她挑了一只最红最大的,先自咬了一口。谁知,苹果里竟藏着一只毒蝎,它毫不留情地向公主发动了进攻。公主香消玉殒。而这城堡之后成为烽燧,也染上了宿命和悲悯的色彩。

当然,烽燧的咏叹主题,还是与纷飞的战火相关联的。

我在多少次车过烽燧后,在今年秋天,以卑微的心灵,写下了一首小诗:

> 与戈壁粘连的烽燧,土地一般的灰黄。残缺不全了,还有坚韧的牙床。再也没有炽燃的可能了,依旧耸峙着昔日的辉煌。这个秋天,它在库车的大地上,坚守了已有两千多个年头了。它绝不会随风摇晃,也不追赶白云的时尚。战争不再,它就是佩在大地胸襟的勋章。缄默,是它实实在在的品相。

天池的冬夏

一

　　天池的美名早已久仰,因为蜗居沪上,连辽阔雄浑的天山南北都未曾涉足,天池也就如天穹的星月一般神秘而遥远。

　　援疆在喀什,毕竟离天池近了些,梦想开始发酵,那种向往也愈益强烈。

　　我曾经设想某一个阳光朗照的夏日,蓝天白云的时辰,我能够饱览天池景色。

　　但夏季也许又是一个忙忙碌碌的季节。时间,非吾辈所能把握。然而发酵的梦想,已然如同一种特殊的醇香,沁入了我的鼻腔,刺激了我的神经,在我的周身泛溢。

　　也是巧合,一天在乌鲁木齐开会,会议报到后还有些时间。外省市的同行又都如鸟一样欢快地飞出了笼子，有一位竟然驱车直奔天山，相会天池去了。我很纳闷，这样一个隆冬时节，上得了山吗，见得着天池吗？当地同行则告知，只要不封山，天池还是可以领略的。心忽就奇痒，赶紧嘱人备车，一路奔驰而去。那正是乌鲁木齐大雪深积的日子。雪让车轮迟钝，与我的心情很不和谐。好在司机何总善解人意，这一路开得顺顺当当。有趣的是，这个生于斯长于斯的小伙子，冬天却从来未上过天山。他母亲阻拦，雪山路滑，怕出事故。这回，他完全是为了友情舍命陪君子，路上还拐到车行检测了一下车辆，车辆很健康。一切安好，就大踩油门，掠过两侧绵延的丘陵，忽略了雪中伫立的白杨、榆树，出了市区，抵达阜康市郊，雾蒙蒙的天气，忽然就清澈明净起来。

一上山，就有惊喜。天空一片湛蓝，太阳高悬，晴空耀眼。本担心山上甚冷，乌鲁木齐市此时零下24℃。却见山上巨大的LED显示屏打出的信息：零下6℃。不敢置信，以为出错了或是正播映某个片子的情景。定睛一看，真是这么一回事。踏出车门，一点也不冷，阳光下还有融融暖意。口罩、手套、帽子之类的，显然变得多余而累赘。

天池真的很美，冬季冰冻之美，晶莹剔透，与远处的雪山相辉映，让我久久凝视，身心轻盈。轻轻的，我就这样走来，走向天池湖面。先是小心翼翼地，之后，豪情大增，远甚于胆怯。走了几步，口中喃喃：行走在天池的湖面上。诗意而豪迈。偌大的湖面上，冰就是王者归来，用一种厚实和冷静雄性了这一片世界。冰冻二尺（大约60厘米），连车都可以缓缓通行,何况血肉之躯?不过,也有一些用石块标注的区域,薄透而又脆弱,踩下去,说不定就成了一个窟窿。天池最深处有一百多米,掉进去,就与天池共岁月了。

这一天行走天池,那份喜悦和骄傲雾岚一般久久不散。即兴写了一首诗,也给自己许多感悟。谁说湖面不可行走呢?只要找准季节和时令,铁树也能开花,奇迹总会出现,难道不是吗?

二

冬天的天池,我在长白山上也见过,颇有气势,但脚下湿滑,一连摔了好几跤,无法走近天池的湖面与其亲密相处。但在天山的天池,我做到了,就有一种成功和被接纳的欣喜。

我还注意到了那挺立的白杨树。像卫士一般站立着,不惧严寒,似乎有着一种震天撼地的精神和风骨。像一个英雄,也像一个君子。我禁不住吟成了一首诗:君子就是在冷嘲热讽中打磨的,君子就是在水深火热中提升的。君子就是在荣辱生死之间,找寻到属于人的质地,由此反复粹炼的。君子走出襁褓的那个瞬间,阳光也会自叹不如。君子之后凝成了神山上的那片雪峰,千年不化。孤傲而又寂寞,却拥有凛然的风骨。

我还见到了榆树林。冬天的榆树林,也激发了我的诗兴,我信手拈来，又挥洒了一段苍劲的文字：天山的舞台，银光闪闪。一个个男女健儿，或婀娜多姿，或阳刚威武。让线条和肌腱，柔和而又遒劲地舒展。在耀眼的雪白中，自信满满。我也想站在他们中间，不惧严寒，淡定自如，用毕生的精血和气节。

我从来不自诩为诗人，但到了美轮美奂的天池，大约每个人都会用不同的诗体或言语表达自己的心声。

三

幸运的是，夏天与天池一晤，很快就圆梦了。

这是《西部》杂志等牵头组织天池作家写作营的一番盛情，我又正巧在乌鲁木齐。那一天，就再一次登临了天池。那第二次的相见，已陷入了一种热恋之中。天池仿佛撩开了面纱，满怀柔情地向我迎来。

风是柔的，水是柔的，笑是柔的，心也是柔柔的。

天池这回已碧波微漾。载动着艘艘游轮，也载动了我一腔情深。那游轮在湖面轻盈地划过，犁出了一大片的白色的浪花，如同天上的白练，闪烁着晶莹而又活泼的光泽。

看湖看得入迷，差一点就疏忽了湖边的一棵大树。这棵大榆树，孤芳傲立，面海而居。看似平常，却有"定海神针"的佳誉。据说，这棵树原为王母娘娘的一枚玉簪。当年，王母娘娘大办蟠桃会，各路神仙皆被邀请，但这瑶池水怪不在其列，于是便兴风作浪，大发淫威。王母娘娘也不善罢甘休，从发丝上取下了这支玉簪，一下就插在了岸边以镇治这神出鬼没的水怪。果然，波平浪静，风和日丽，水怪不知去向。这玉簪也幻化成了一棵榆树，千年不败。又听说，在最为漫溢的时日，湖水也只是没及这棵树的根部，再不见上涨。这也增加了树与湖的神奇，让人浮想联翩。

四

夏天的天池令人心醉，夏天的山与树也有别样美。天池有大小锅底坑，也就是山坳里的一块平坦之地。似乎是造物主就是让登山者能够稍作休憩和调整，在这宽阔的平台上徜徉远眺。我站在这大锅底坑，看满目山树及远处的山峦，心情澄澈，竟如天池湖水一般。

我在山坡上又见到了那一片阵势强大的榆树林，与冬天所见，反差甚烈。

夏天的榆树林变温柔了。阳光的轻轻的抚摸，让妖娆流淌柔美的线条，与山涧的野生花一起微笑。冬日里她是刚强的，那面对严寒的肌腱，满是一个女子的尊严。有梦的念想，更有不屈的昂扬。不管是哪个季节的亮相，都是性情的飞翔。那里包裹着一叶朗月，用色泽和形状，回馈着忽冷忽热的随性的太阳。

我禁不住写下了上述一段文字，发在了微博上。很快，先是一位音乐家朋友感叹：太感性和雅致了。之后，又是一批博友不约而同地呼应，在微博上漾起了一阵阵关于天池的美妙浪花。

我却感觉自己的笔还是不够灵巧，相比较这些生动的榆树，木讷又拙劣。再回味美丽的天池，也恨自己未有一支生花妙笔。

五

但短暂的岁月，让我领略了天池的冬与夏。这冬夏演绎的两重天，都是天池美的写照。

天池的湖面用一种板结的神情，曾在凛冽的日子，迎接了我这不速之客。我没有转身离去，我把脚步踩在了上边，还有我壮实的身体。那神情的依然也是一种语言，我明白自己不在人家厌烦的名单之列。所以我夏日里又来了，这次她漾动了微笑的潋滟，令人着迷和想象。可她对每个人都是这样，掠过了我的怅惘。

我忽然又在天池的滋养和鼓舞下，生出了新的梦想。我要在春和秋的季节，再来相会这天池。我相信，她一定会呈现出愈益动人心魄的美来。

天池，请等着我！

克拉玛依一瞥

　　克拉玛依真是一个令我神往的地方。赞颂克拉玛依的歌,早就打动了我的心。这个著名的石油城,人口不过二十多万,但人均GDP却是全国地级市之首,广东的东莞屈居第二,这不得不让人刮目相看。

　　趁天色未晚,我们在市区先车游了一会儿。九龙潭,飞瀑直下,仿古建筑,红色的亭柱,绿色的屋顶,在阳光下绚丽夺目。在巨大的水潭边留影,瀑布的水珠随风飘来,扑上背脊,阵阵清凉。九龙潭就是一个水闸,利用自然落差,营造了瀑布的氛围,它也成为克拉玛依河的源头。深夜,除了少许外来游客之外,克拉玛依河畔安谧幽静。河岸的堤坝彩虹闪亮,斜拉索结构的友谊桥则霓虹更加绚烂,众星捧月一般,与不远处的不知其名的三孔桥,争奇斗艳,自然是风采不让。河水清澈平静,有游船码头,泊着不知其数的船舫。在河畔缓步,心也静了许多,与这新兴城市的节律合拍。

这里多为戈壁，却是绿色铺垫。草皮虽不精细，但也颇为养眼。看到"磕头机"了，一种采油机器。比马高大许多，缓缓地"磕头"，好像马儿在向大地鞠躬一样。是的，这片富饶的大地，是值得敬拜的。那里有取之不尽的石油资源，养育了我们。据当地朋友介绍，这里一年产油约1 800万吨，至于究竟储藏了多少石油，还不知底。现在国家大量进口石油，说是我们自行开发的成本较高。我不知真伪，但多留一些资源，也该是为后人造福，这也许是划算的。

"磕头机"散而有序地分布着，各管着一垄自留地似的，旁若无人，只顾埋首耕耘。有时是零星几个，有时触目即是。有一处，在217国道的两侧，戈壁漫无边涯，一眼望去，似乎天地交会处，"磕头机"遍布，像是大军团作战，要把天地镶得紧紧的，气势雄浑。未见巨大的油田井塔，"磕头机"该是石油城的形象大使了。

黑油山是必须一看的，虽然并无多少东西，40元一张的参观券也令人咋舌。有人看了就觉失望，但当地一位老汉的一句话，却让我觉得物有所值："这是克拉玛依第一口油田。"克拉玛依因此走向富裕，也从此得以从蛮荒中醒来，让世人皆知。

0.2平方公里的土地，油泥污渍，三口两三米见方的油井，黝黑黏稠的油水，与炽烈的阳光相对。走在木板引道上，想象着当年人们发现油田时的欣喜若狂。

上午驱车一小时余，到世界魔鬼城一览。

魔鬼城今无魔鬼出没，盖因风和日丽。我们到时，阳光软弱无力，凉风徐徐，渐渐地，阳光就显示其小小的威力了。是一个大好天气。天与地相接，如此之近，以至于幻想登梯即可摘云。云不是一团团的，而是一大块一大块的，不是完整的一大块，是碎裂的花瓣，并不都粘连，却有所相依，疏密有致。十平方公里的雅丹地貌，那些形状各异的黄土山丘，也与白云相视无言。

魔鬼城风经山丘时，风声鹤唳，犹如鬼哭狼嚎，因此得名。而各种形态，乃自然风蚀。所叙景观，则完全是人的想象，如泰坦尼克号、雄狮既醒、双面人等，皆是现代人臆造。我总觉想象还不够，故事也不出彩，似可再发掘利用。

友人说，这里景色最佳时，当是太阳初升和夕阳无限的时候。可惜我得赶回乌市，只能留下遗憾了。

路经石河子

去克拉玛依，正巧可以路经石河子。早就慕名这座城市了，今天自然不能错过。

进入石河子市，这个北疆城市的风韵很快就体味到了：规整，净洁，有一丝柔美，像一个颇有教养的闺秀。20世纪50年代，新疆兵团要建一个城市给后人，陶峙岳司令就对负责勘察的人员交待：找水源，无水不建城，找煤炭，无煤不建城。同时，请了规划专家精心规划。一格格500米乘以1 000米道路的方格，十多平方公里分步有序开发。绿化得到重点推进。迎宾大道两旁苹果树与松树交叉，立于前排。后边蓊郁的榆林高大茂密，使绿化层次丰富和厚实。城市的建筑多显低密度，最高的有一栋办公楼，33层。迎宾路边上还有一幢住宅，簇新的，20层，起初以为是经济适用房，见18层的一户窗玻璃外，拉着一条红幅，写着"此屋待售"四个大字，显然是新开发不久的商品房了。

街上人来人往。沿迎宾路还有一泓河水，阳光下碧波荡漾，有几叶蓝白相间的小舟轻盈地奔驰在水面，为这城市增添了几分快乐与祥和。

在游憩广场，我们驻足停留，在"驻剑为犁""兵团第一犁"等石碑和铜像前留影。赶来的广场负责人是位身材颀长的女子，戴着大墨镜和遮阳帽，有点明星风采了。她说她是重庆人，随父母落户石河子。她拿起手机，通知打开了广场上一长条的音乐喷泉，让我们留影，也感受阵阵沁凉。她见我们来去匆匆，有点遗憾："下次再来呀，这里也叫小上海呢！"哦，小上海呀，我不由得周身机灵起来，想捕捉一丝家乡的感觉。自然是有大差别的，但当我离开石河子，到了克拉玛依，再细加回味时，还真感觉到小上海的一点味道了。当年五万多名上海知青曾奉献此处，留下了不可磨灭的痕迹。这座年轻城市容八方来客，显幽雅又不失人气的特质，都是别有一番滋味的。

难怪艾青曾经如此写道："我到过许多地方，数这个城市最年轻，它是这样漂亮，令人一见倾心。不是翰海蜃楼，不是蓬莱仙境，它的一草一木，都由汗水凝成……"想去参观艾青纪念馆，很遗憾，今天周日，说是没人。

军垦博物馆是我这次最想一去的地方，久闻它的全面翔实的名声了，约一小时的逗留，也令我收获良多，身心震撼。

兵团人在茫茫戈壁打造了石河子这颗明珠，堪称一大奇迹。兵团自身六十余年来梅开二度，辉煌可鉴。在不到一万平方米的建筑里（这是生产建设兵团前身，中国人民解放军原新疆军区第二十二兵团的旧址），兵团的人和事，兵团屯垦戍边的历史画卷，在这里神奇而壮丽地展开。我本打算匆匆一览，因行程较紧，只拟待半小时的，不知不觉把时间拉长了，思索的通途也醇厚悠长了。

　　正午的阳光，披散在这个城市之身，让我想起了夏日的故乡。

西出阳关拜班超

古代的人，认得的真不多，班超算一个。当然，是我认得他，他不认得我。这颇具强悍名字的先人，当年竟然是"援疆干部"。没想到，我在本命年也加入了援疆的队伍，西行五千公里，告别了从未离开逾一月的生我育我的故乡。我有时想，倘若我与班超同一年代，我们一定是一对心气相投的好兄弟。

新疆可谓地大物博，占全国面积六分之一，西域历来神秘莫测，也是兵家必争之地。它的安定祥和是中华民族之大幸。风沙漫漫，戈壁茫茫，但国家责任，匹夫理应担当。

公元73年，班超受命西征。灯红酒绿的洛阳城外，班超深情回望，然后毅然决然，快马扬鞭。那一年，班超41岁。

1900余年之后，我也出发了，登上飞机舷梯的那一瞬间，我心平如镜。繁华喧闹的都市自然让人迷恋，但世界是广阔的。天高任鸟飞，海阔凭鱼跃。趁着自己还尚存一些激情和勇气，扑向了那一片陌生而神秘的世界。此时，我已步入了人生的第四个本命年，已近天命之年！

身为兰台令使的班超，当年与书案相伴，与墨香相偕，编史编志，优哉游哉。他投笔从戎了，剑拔弩张，向灰沙蒙蒙、烈日炎炎的西域挺进。

我不用刻意模仿古人。我带着沉重的行囊，里面一大半都是书籍，我的精神食粮。我带着曾投身浦东热土的那一腔热血和生活赐予我的生命的感悟，踏上了祖国边陲的这一方土地。

班超率领他的36名勇士，所向披靡，迅即征服了整个疏勒国。盘橐城下，他出其不意，兵不血刃。他赢得的不仅是土地，还赢得了一片民心。他文武双全，治国平天下。在西进三年后，本可以奉诏返京，但官民们不忍他离去，上演了一场感人肺腑的十八相送。班超被打动了，他又一次毅然决然，留在了盘橐城。此后，是整整二十七年，他忧国忧民，殚精竭虑，金戈铁马，征战千里，安抚天下，顺遂民意。那一世英名，名副其实，气贯天虹。

我一直在想象，当年他辞别双亲和妻儿时的场景。我也一直在想象，他抛弃了书案，是否也真正抛弃了那文化的精粹。我悟到的结果是，那离别的情状，恐怕难以用一个词语来概括，但那中国文人精忠报国的夙愿，是中国文化的精血与魂魄，班超绝不会舍弃。我也一直在猜测，倘若班超留恋亲情，在乎安逸，看重俸禄，甚或担忧自我，他还会有这样的动力和行为吗？相比之下，吾辈似应汗颜，当今文明进步，投身援疆也不算什么了。不求史册留名，但尽绵薄之力，为喀什百姓的安居乐业谋福，在戈壁滩上注入一丝生命的绿意。

如今的盘橐城遗址上，班超像高高地矗立着。那股叱咤风云的英气，势不可挡，而那握着书卷的姿势，又显示出他的魅力的深厚。他的36名壮士，齐崭崭地站立，就像挺拔的白杨树，生机勃勃。这也是喀什噶尔充满生命的象征！

大风起兮云飞扬。但秋天的喀什噶尔，更多的却是天高云淡，风和日丽。我在秋天的阳光里，向先辈班超深深地鞠躬。我感觉到了班超目光的抚摸，还有心灵的感应。那是文化人特有的敏感，也是英雄们永远的惺惺相惜。

今夏的一场沙尘暴

九月，应该是夏天的尾巴了，在新疆喀什，我遭遇了平生第一次沙尘暴。

早晨起来，发觉窗外灰蒙蒙的，以为是阴雨天气。可这里干旱少雨，再定睛一看，若有若无的沙尘在空中飘浮，绵密而不易察觉。从宿舍到食堂，仅几十米路程，沙尘雾一般地缠绕，稍稍呼吸一下，就感觉尘土一下子吸进了鼻腔，赶紧用手掌捂住，呼吸极其不畅，走路也走得趔趔趄趄的。一个维吾尔族大学生说：沙尘暴来了。

哦，是沙尘暴来了！是啊，一整天，天空昏黄一片。远处的建筑都隐没在茫茫的沙尘之中，迷迷蒙蒙，浑浑沌沌。在室外行走，嗅到的也是尘土味儿。我也是临时抱佛脚，发了个短信给家人：给我带上几个大口罩，这里的沙尘暴实在厉害！殊不知，这实在是远水解不了近渴的蠢办法，等到大口罩真的从上海捎来了，这一阵沙尘暴也许早就无影无踪了。

逃也似的回到宿舍,这才想起早上出门忘了关闭门窗,赶紧想亡羊补牢,却见门窗早已被关得严严实实了,密不透风。很快明白这是训练有素的招待所服务员所为,心生一丝感动。这一份细致,是难能可贵的了。

手机短信显示,这两天都是浮尘天气。上网一查,才知道这浮尘天气也是等级分明。沙尘天气一般分为浮尘、扬尘、沙尘暴和强沙尘暴,这取决于当时的风速和能见度的高低。无风,或者平均风速小于每秒30米,水平能见度低于10公里的话,就定义为浮尘天气。这么说来,今天遇上的还不算是沙尘暴了?即使不算沙尘暴,但这沙尘弥漫,连强劲的阳光都显得苍白无力,呈现白色或淡黄色,令浮尘也看似黄沙一般了。这已让人够呛的了。

翌日再读《喀什日报》,头版分明又报道说:"喀什今遇强沙尘暴。"这就让我又顿生迷惑。或许偌大的喀什地区,也包括高原山脉,有的地方确实是沙尘席卷肆虐,在今夏施展了一场沙尘暴的淫威。倘若真是这样,这喀什的人民生活也实在不易,要知道,这种天气在喀什一年至少达到100天以上。况且,夏末秋初根本不是沙尘暴的季节,此次出现也不是时候吧。难怪一位老领导发来短信,笑曰:"这场沙尘暴,好像是冲着你们来的吧。"我们这批上海人刚进疆,老天就给我们来了一个下马威,还真的让人经受考验。

我对沙尘暴颇为好奇，于是带了一个相机到街上溜达。川流不息的解放南路上，我留心数了数，驶过的电动车，十来个人中，仅三四人戴着口罩，有两位坐在电动车上的妇人蒙着面纱，大多数人若无其事。有几个维吾尔族兄弟，显然刚从饭馆里出来，在街上信步悠然，谈笑风生。我在一边已被沙尘围攻得受不了了，却见这几位仁兄这般模样，真不知作何感想。最令我惊愕的是招待所的保安，坐在室外的椅子上看书，也是神情淡然！

这一幕，同样也给了我心灵的震撼，我知道，这尘土、细沙，即使飘浮在空中，也是对人体直接有害的，喀什人不是无知，而是对恶劣的自然环境的一种乐观豁达、随遇而安的精神。

沙尘暴并不可怕，可怕的是心里滋生的那份恐惧。

数日后，太阳高悬，天空亮堂了许多。上午，有几粒豆大的雨珠打在了身上，今夏这场沙尘暴，渐渐远去了。

沙湾大盘鸡

去沙湾，我是冲一个人而去，孰料，却被一种鸡所吸引。

人乃作家亮程兄也，鸡乃令人想来便垂涎欲滴的大盘鸡了。

在此之前，知道亮程是沙湾人，沙湾离乌市一百多公里，颇想去探访。而大盘鸡不仅尝过，还自认为是一种最合口味的美食，当地友人曾说，吃了大盘鸡，你回沪后，一定会十分想念的。信哉斯言。

但我显然还属孤陋寡闻的。沙湾这个弹丸之地，20世纪90年代名噪海内，主要就是两件事，一是刘亮程成名，二是大盘鸡走红。我却只知其一，不知其二。

这次路经沙湾，就一顿午餐时间。亮程兄在森林公园三号包房宴请，说是农家菜，上来满满一桌菜，都记不真切了，唯有一大锅五色纷呈的大盘鸡，宛若犹在眼前，令我忍不住满口生津。

香气扑鼻。是鸡肉香，还有从汤汁中飘溢出的香。葱椒的清香，洋芋的豆香，桂皮、菜果、白蔻的纯香……随热气而漫散。小时候父亲就说，馋猫鼻尖。如此，我也恍如一只馋猫了，嗅觉带动了五官，都立时兴奋起来，而胃虫也一定蠕动期待起来，那些美食最终是要落入它们的腹中的。

色彩诱人。山水相依，既见红绿黄白褐云蒸霞蔚，又有筷箸拨动中的风云变幻。红的是干椒，绿的是青椒，黄的是洋芋，白的是葱蒜，而褐色的鸡肉最为傲然，它知道，这番天地，它无疑就是核心。

早就憋不住了。举筷瞄准，一块香喷喷、大小恰如其分的鸡肉，被迅速攥起，又被快捷地送入口中。舌唇一番大行动，咀嚼、品咂，全然处于亢奋之中。忽然而至的麻辣，更刺激了舌蕾，刚咽下一块，又捞起一坨洋芋……

话多说了都误事。一阵秋风扫落叶，一小片峰峦草木就被席卷削平了，肠胃里还在不时地欢呼。

这时亮程兄再劝酒，也就利索多了，一杯白酒咕噜噜下肚，又抄起一块肉块，犒劳自己的牙舌和胃虫。

直吃得唏嘘鼓舌，滋滋冒汗。不觉热火，却倍感周身凉爽。呵呵，真是一个爽字了得！

此时，主人又端上了一大碗白面条，皮带宽，缠绕在一块。倒入大盘鸡里，亮程便稍作搅拌，还未见均匀，就说，可开吃了，各人喜欢。

原来，这浓淡各有味。浓酽的，将汤味深入了，算是重口味；清淡一些的，面的本味保真，再蹭点鸡汤，也特别有味。这北疆的冬小麦，本就特有筋道，与大盘鸡一搅和，就更显出别样的风采了。

酒足"鸡"饱，我这人就有点得寸进尺了，一连串为什么扔给了亮程和他的朋友。刨根问底的架势，让人怀疑我，是不是也打算开个大盘鸡餐馆了。

我却是正儿八经的动口不动手的君子。我品味着大盘鸡，在心里和舌尖上，做了一回美食大厨。

这做大盘鸡，首先是选料。鸡是土鸡。就像沙湾的土人刘亮程，《一个人的村庄》写得特别有味一样，换了其他的，就不是他的村庄了。洋鸡，又叫肉鸡，切不可用，那喂的是人工饲料，肉的味儿，实在不正。

再有洋芋、干椒、姜葱、佐料之类，也得细加筛选。这不是故弄玄虚。比如洋芋，有人曾用他处的洋芋烩入大盘鸡了，沙湾人一吃，就觉满嘴土腥味，咽不下口。比如大葱，有的地方的大葱一入锅，就烂糊甜糯了，远不如安集海大葱，煮沸后，仍然青白完全，脆辣含汁。

一大锅的大盘鸡，用的是一只整鸡。宰杀时，血管、气管、食管三管齐断，血液放尽，毛根剔除，摘除内脏、下颌等赘物，洗净，整鸡剁成碎块。

再选整块姜，整段葱，切碎成末。再舀取精盐、花椒粉、葵花油、陈醋、老抽适量，经过炒、炖之后，再起锅，装盘，不少一翅一爪的整盘鸡,就粗枝大叶、浓汤重味地登场了。

据说,大盘鸡不仅滋滋有味,还具备健脾开胃、芳香化食、温中散寒、理气通脉之功效。我未作考证,但它采用了一些民间食疗中的药材,这应该不假。

所有对大盘鸡的赞誉之词中,我还是颇为欣赏亮程兄的八字精义:"高贵其味,随常其料。"

好一个高贵和随常!这土人土鸡,该是大漠一绝了!

只是,何时方能到沙湾,再品味一下这高贵和随常的名人名鸡呢?

夏日的江布拉克

新疆奇台，江布拉克大草原，虽不比那拉提优雅绮丽乃至名闻遐迩，但它的独特壮美，它的丰富多彩，也是不可不赏，赏之难忘的。

一到入口，一个有点变形的"看"字，被构筑成了别出心裁的门洞。随着游客进入，就让"看"字成形，也令之生动起来。我想，这江布拉克的景致，一定也是令人目不暇接的吧。

遐思着，却被告知，进去至少得两个多小时，还必须坐景区的游览车。游览车的发车间隔也得半个小时。这就意味着，这完整的游览，两个半小时垫底，而我们所剩的时间，不过一个小时了。购了票，却迟疑未决。与几位服务员商量，我们可否单租一车，费用自理。说无此先例。又问，可否让我们徒步进入，能看什么是什么，也未获应允，直埋怨管理方的呆板了。相持良久，见一辆辆小车鱼贯而入，才想起找人，一番辗转之后，同意我们的自驾车进入，还发了一张通行证，上写：如有意外，与本公司无关。人家行事滴水不漏呀。

忽然一大片乌云迷漫而来，迅即，雨点子打在了头发上、身上、脸颊上，冰凉，生疼。一阵紧似一阵。冷风嗖嗖，穿着T恤的我，赶紧蹿上车内。难以想象，方才还是烈日炎炎，三十多度的气温，骤然，天地一片寒冽。车上的温度计显示，室外温度已跌入十度之内。也算是冰火两重天了。

在冷风冷雨中，小车逶迤山路而上。不过一支烟工夫，我们恍悟，刚才真让我们徒步，今天只能一瞥耿恭石雕，其他什么景色都无缘相见了。景区纵深，至少25公里，景点沿路布设。

先是看到了山坡上的麦浪。真的傻了眼了。那风中的麦浪如波涛暗涌，向前缓动；又好似奔腾着的马群，以一种慢镜头的方式纾缓地展现。那种柔和与执拗，有一种诗的氤氲之美。久久地凝视，惊叹而又如饥似渴。仿佛千年的神奇正在降临。不是我大惊小怪，江布拉克广袤的大草原，那荡漾的柔波，会让都市里的人，有魂魄被摄之感。

万顷旱田，满目黄绿，据说八月麦收之后，更是一片雄浑的金黄，漫山遍野，与蓝天白云，相视而吟，吟就了一个童话般的世界。

愈往纵深进发，愈是瑰美；愈是投之一瞥，愈是想再多看一眼。

那麦田里偶尔闪现的阡陌小径，像是深色的项链，而白色的毡房，则似闪亮的宝石，在丰盈的田畴，莹莹地抖擞。

麦田的雄奇和温柔，如此巧妙地糅合在一起，若不是急着赶回，我真想跌坐其中，长久相拥。

花海子在不经意间出现。花蕊在细长而又窈窕的枝干上，簇簇绽放，鲜艳夺目。紫色的像是薰衣草，黄色的如同野菊花，还有更多不知名儿的花朵，在绿丛中烂漫地微笑，让这高山坡上流淌着春潮。

我们踅回到了平行的两条坡道。所谓天山怪坡，就在眼前了。

坡道貌不惊人，我们不知怪在何处。问了一拨正在花卉丛中留影的游客，一位汉子朗声告知，你沿坡上去，不踩油门，车也会上溜。试了，没甚感觉，调头再试，那是上坡的，司机果真不用加油门，车子依然以刚才的速度爬上了坡。290米长的坡道，确乎神奇，我们在车上开始分析猜测这怪坡之怪。

答案自然五花八门，大家各执一词。其中助理小陆的"单摆"理论，言之凿凿，似乎占了上风。而我思来想去，坚持"视觉误导"一说，还将此与大卫·科波菲尔的魔术联系起来，断定参照物变化了，视觉发生错误，将下坡视为上坡了。如此一说，助理连忙连声说道："对，对，对，是参照物变化……"我纳闷，这小子竟然转变得这么快，车无他人，也用不着这么奉承讨好我。回首一看，原来他正上网查询，科学考察的结果明明白白地写着呢。

也怪我们孤陋寡闻，对此关心甚少。

再一看网上，类似怪坡，竟然在国内就有十多处，招徕着游客，让人怀疑有多少是自然形成的。环视四周，甚觉天山怪坡，似是自然浑成。

时间不早了，顾不上再欣赏沧桑的疏勒古城遗址，玩味深幽静寂的黑湖。打道回府前，又将滔滔麦田凝眸久久，将相机按动得嚓嚓叫唤，快乐无比。

雨住了，阳光又泛漫开来，暑热又在大地肆虐……

远去了，江布拉克的胜景。但它在我溽热的心头，正舒爽地铺展。

大巴扎的宴舞

新疆建设兵团与上海是颇有情缘的。还有公事要谈，晚上他们就邀请我们到国际大巴扎边吃边聊，说有歌舞演出，还是值得观赏的。不能拂了他们的好意，就被热情裹挟着，到了人车喧闹的那个街市。

"巴扎"在维吾尔语中就是"市场"之意。有朋友开玩笑说，巴扎与麻扎不能搞混了，一字之差，意思大相径庭。麻扎指的是坟墓，确实不可大意。乌鲁木齐的大巴扎歌舞，还是挺热闹的。八点半开场演出，大堂里已座无虚席。主人盛情，我们有幸坐在四楼的包厢里，舞台和大堂都一览无余。舞台宽敞端正，布置得大气，也颇有民族特色。大堂则排放着一溜长桌，正中都是直排着的，观众边坐着品尝美食，边欣赏节目，倒也惬意自然。歌舞编排民族特色十分浓郁。维吾尔族男女青年或集体出演或分开歌舞，歌声欢快、嘹亮，舞蹈优美、婀娜。曲目显然都久经挑选和排练，演艺娴熟到位。虽大都不是耳熟能详，比如像《冰山上的来客》那么亲切，但无疑是赏心悦目的，维吾尔族小伙的英俊倜傥，维吾尔族少女的秀美淑雅，在歌舞中淋漓尽致地得以展现。难怪我们中的一个兄弟，连饭酒都顾不上了，趴在包厢窗台痴痴地看得入迷。最后一曲婚礼歌舞奔放而又诙谐，维吾尔族青年男女在喜庆中表现了生活的幽默，让人深受感染。我仔细观察并询问了知情者，发现表演歌舞的都是维吾尔族男女，而大堂里坐着观赏的，几乎都是清一色的汉族人。他们都是从四面八方而来，仰慕维吾尔族人能歌善舞的乐观天性，给他们送上了兄弟般的热情的掌声。

维吾尔族歌舞演员们从台上鱼贯而下，走到观众席，邀请观众翩翩起舞时，场面一时洋溢着节日的欢庆。脖子盘旋着一条硕大的眼镜蛇的美丽姑娘，让观众又惊又喜。最有趣的是，主人把她和同伴请入了包厢，在舞蹈中，她要把眼镜蛇架到一位兵团兄弟的脖子上，他惊慌逃避，姑娘追了他一圈，最后他干脆躲进包厢的洗手间内，锁上了门，大家都不禁吃吃大笑起来。姑娘把眼镜蛇架在我的脖子上。足足两分多钟，我扛着眼镜蛇，"冒险"地舞蹈，大伙儿纷纷拍照，也发出阵阵惊叹，过后，都向我翘起了大拇指。心里虽有点怯，但此时此刻不能做缩头乌龟呀，好歹上海男人，在外面更要有点腔调呀，呵呵。

维吾尔族人说，法国的红磨坊跳的是艳舞，泰国的芭堤雅跳的是燕舞，而他们则是维吾尔族特色的宴舞，说的很有意味。这创意也足见维吾尔族兄弟的智慧了。在大巴扎的入口处，一个帅气的穿着民族服饰的男模特在高台上站立着,连眼珠都凝然不动,还以为是蜡像,刚想凑近看个仔细,边上人提醒说是真人,赶紧收住身子,禁不住笑了起来,却见这艺人目光如炬,又纹丝不动,其定力不免让人折服。

西域奇景：一香名天下

并不是官方所赐的都是最能传扬天下的。在西域的喀什，一个叫作阿帕克霍加的麻扎，佐证了这样一个事实。

所谓麻扎，在维吾尔族语中是"坟墓"之意。之前，只是耳闻喀什有一个名闻遐迩的香妃墓，到喀什不游香妃墓，那就白来喀什一趟了。到了香妃墓，才恍然明白，这麻扎其实是以阿帕克霍加命名的。香妃显然喧宾夺主，压过了那个阿帕克霍加的风头，风光了几百年，而且势头不减还会一直张扬下去。而对阿帕克霍加其名，知之者就少得可怜了。

这一香名天下的女人，究竟何许人也？她到底有何特别的能耐，让祖先在自己的光芒中，都暗淡落寞？这个维吾尔族女子确实非同一般，听说生来就携有沙枣花香，周身弥漫缭绕，闻之者无不为之沉醉。这样一个天生尤物，自然不是平民百姓可以享用的，据说当年乾隆把她召进宫内，恩宠有加。前些年的一部电视连续剧里就有香妃娘娘的佳人形象。香妃玉消香殒之后，乾隆悲痛万分，他遂香妃意愿，差人长途跋涉，将其灵柩送回喀什。之后，又下令动用国库，为其所在的麻扎很好地修葺了一番。香妃墓因此名声大振，令人仰慕。但也有专家引经据典，旁征博引，推断出此香妃纯属误传，此墓早在17世纪中叶就存在了，香妃则是一百年之后的人物了，此墓绝非为香妃而建。话虽这么说，香妃墓之名几乎拜谒者皆知，唯阿帕克霍加之名，恐记忆者甚为稀落了。一香名天下，在这里绝非一场神话。

将博物馆至今保存着的香妃画像作对比，找了几位如花似玉的维吾尔族女孩与客人合影留念，倒也有几分情趣。这是当代喀什人的机智了。

听说这麻扎里还埋葬着一些人，曾对祖国统一和发展有过奉献，那么到此虔诚地一拜，应该也是值得的。

园子里有一垄玫瑰花在轻轻摇曳，在塔克拉玛干沙漠的风沙中，毫不褪色，暗香浮动，让我挑剔的目光也多了一份凝重。

初识巴旦姆

也许你误会了,以为巴旦姆是个人名,这是一篇具有浪漫色彩的短文。其实巴旦姆是一种坚果,一种你初识之后就难以舍弃的东西。

在乌鲁木齐的火车站,在南疆的商场里,在莎车的马路边(千真万确,莎车的路上马蹄阵阵,马车当步),"巴旦姆"三个字时不时映入眼帘。入住宾馆,茶几上已摆满了水果,有一种貌不惊人的坚果,不熟识,也未触碰和品尝。饭桌上,水果、菜肴也极为丰盛,伽师瓜、和田枣、天山的牛羊……太丰盛了,以至于不知如何动箸。莎车的主人,却指着一盘扁桃似的东西说,先尝一枚巴旦姆吧,这可是圣果。难抵主人的热情,拿了一枚所谓的圣果,却有点不知所措。从来没见过这种东西,是水果一样嚼着吃,还是含在嘴里慢慢咂?心里更带着一种纳闷:这么个扁桃一样的东西,真有什么神奇吗?在主人的指导下,很容易地撕开外皮,内壳则找到一处几厘米长的小缝隙,顺势一剥,也没用多大的劲,就露出了里面鼓鼓囊囊的肉,杏仁一样,薄薄的绿衣,裹着的,是洁白的一片。嗅了一下,馨香扑鼻,有一种类似崇明甜芦粟的味儿。嚼在嘴里香脆,淡然中有一丝清甜。这就是巴旦姆,据说含有丰富的脂肪、蛋白质、糖、无机盐和多种维生素,还含有18种微量和常量元素,它不仅是高级营养食品,而且也是药用价值很高的保健食品。喀什的维吾尔医药中60%的药都配有它。巴旦姆对支气管炎、高血压、神经衰弱、肺病、肠胃病等均有疗效,它还是治疗癌症的一种良药。

在阿扎提巴格乡,我们撞见了一个约四百亩地的巴旦姆果园。绿树成行,静寂无人。我们的闯入,引来了一位清瘦而又黧黑的男子。一听我们是上海人,这位从河南来此管理果园的中年汉子,热情地引领我们到一棵果实累累的树下。一枚枚铜板大小的巴旦姆依附在枝头,有一点含蓄,也不乏骄傲。成熟了的巴旦姆内敛低调,也是不无风采的。当你真正地亲近它,认识它,它会把一腔深情托盘而出。

巴旦姆又名巴旦木、巴旦杏,而且还真有一个学名,叫扁桃,那模样倒真是惟妙惟肖。一千多年前,巴旦姆从古波斯王国被引进到了莎车,从此开始了并不张扬的中国式培育。多少年,它的美味还只限于南疆一带传扬,直至这些年,才愈来愈为人所认识,开始香飘万里,闻名遐迩,从莎车运往全国各地。但莎车即使已拥有七十多万亩巴旦姆果园，也供不应求。对巴旦姆的青睐度，增长飞快。据说，美国、伊朗也都有种植巴旦姆，每年向中国不断出口，获利不少。

巴旦姆，你初识了它，还会忘却它吗？日啖几枚巴旦姆，你就会理解圣果的真正内涵了，到时别忘了感谢我这推介人哦。

巴尔楚克的羊

天上一片云，地上一只羊。风吹过草上，梦里不知在何方。那是谁的羊，漂泊在天上。那是谁的云，四处去流浪。唱起心中的歌，我就是你的羊。走遍所有的路，我还是你的羊。唱起心中的歌，我就是你的羊。走遍所有的路，我还是在心上。这首歌歌词优美、亲切，具有大自然醇厚的气息，出自我的一位朋友之手。而为其谱曲并且深情演唱的，则是我另一位朋友，维吾尔族兄弟，他唱得犹如天籁，十分动听。当我聆听这首歌，总想起巴尔楚克绿草地上的那些羊群，那真是可与白云相媲美，也值得入词入歌的羊种。

巴尔楚克位于南疆喀什的东部，地处天山南麓、塔里木盆地西北缘。由阿克苏经过巴楚（即"巴尔楚克"的简称），可抵喀什市。巴尔楚克最为著名的，当属三百多万亩连成一片、茫茫无垠的胡杨树，这胡杨树林气势磅礴，到巴楚，不看胡杨林乃是憾事，这一点毋庸置疑。但我也同样青睐柔弱温顺的巴尔楚克羊，它的独特也是可圈可点的。此类羊种全身被毛白色，一般不掺杂其他色斑，显得干净清爽，而羊体本身又硕健结实，黑色嘴轮，耳际略有黑斑。而且公羊母羊均无锐角，属短脂尾。行走跳跃，都足见其充沛的活力。

最初，我在一个平缓的小土坡上见到它们，用相机拍摄它们。它们目中无人，若无其事，依然我行我素，信步草甸，及至我差不多快挨近它们的身子，它们才往后退缩几步，目光仍不显惊慌，漠然地瞥了我一眼。这种羊对人并不设防，与人的距离也就不远。

南疆环境幽雅，又保存了很多原生态的东西，连羊群都享受到了这种美好，以至于连羊粪羊屎都是黑亮圆润的宝贝疙瘩了。这自然是过分夸张了。但巴尔楚克羊生活的天地，也确实是值得羡慕的。巴楚多低地草甸，这是完全绿色和无丝毫污染的天然牧场，植被相比其他地方，要丰富许多，其中就有层层苇草，萋萋苜蓿，生生不息的骆驼刺，随处可见的野蘑菇，还有甘草、马兰等植物。因此，常吃这些植物的巴尔楚克羊，就形成了肉质细嫩和鲜美的特点，而且属高蛋白、低脂肪、低胆固醇，颇受人们喜爱。低地草甸的土壤又是盐碱地，阳光下白色的盐碱泛在土壤上，如未融尽的雪花，清晰可辨，土壤里又含有丰富的矿物质，以致巴尔楚克羊无一丝膻味，味道极佳，乃羊肉中之上品。

巴尔楚克羊是优质的地方绵羊种群，一年四季可以放牧，耐热、耐干旱和盐碱，适应性和抗病能力都属强项，是农牧民长期自繁自育的产品，经过了两百多年的风土驯化，遂成精品。

有一句话说，巴尔楚克的羊，男人吃了有力量，女人吃了更漂亮。此话传扬很远，我无法考证。但我在夏马勒农场野餐，曾品尝过用胡杨原木熏烤的巴尔楚克羊肉，确实令人看之闻之就垂涎欲滴，一入口就是掌嘴也断然不会松口，堪称难得的美味佳肴了。

帕米尔高原的一往情深

一

人的情感,真是不可捉摸。譬如,帕米尔高原,这样一个远在上海万里之外,我半生未曾涉足的地方,忽然某一日,仿佛一只情感的钮扣,被一双无形的手解开了,心口潺潺流淌一股温暖而又灵光闪闪的清泉,整个身心都为之激荡,为之颤动不已。

抵达喀什的当天傍晚,喀什地委、行署举行欢迎仪式,在民族风格浓郁的喀什噶尔宾馆的友谊厅,地区歌舞团呈现了一台颇具特色的文艺节目。当一位清瘦、黧黑的塔吉克族男子,深情演唱了《冰山上的来客》主题曲《怀念战友》时,我凝神静听这熟稔的歌曲,激情难抑,竟情不自禁,泪水夺眶而出。

我怎么感觉,我曾经也是一位冰山上的来客,我有对这片土地的一种长久的蓄积的情感,深厚而且炽烈,像一座火山,平常风轻云淡,安详宁静,但在某一个时点,它深蕴着的那种热量,会骤然迸发,自然而然。

我一定来过这片土地。或许是前世,或许在梦中。

我忘却了舟车劳顿的困乏,忘却了身边把酒言欢的众人存在,真想从座位上拔出身来,去拥抱那位歌者兄弟,去奔向那个高原山坡,去会会那里的草木,那里的阳光,那里的气息,那里的人们,仿佛耳畔有人在对我高喊:"阿米尔,冲!"

是的,我蠢蠢欲动了。我在知天命之年,来了。我想尽快拥抱喀什这广阔的天地,拥抱帕米尔这神奇的高原。是的,我来了,带着援疆的使命,怀着对这片土地的向往和憧憬,和如江水奔腾的一往情深。

后来在喀什生活工作了近三年半。其间,多次登临帕米尔高原,每一次都有值得记录的回忆。

帕米尔高原是昆仑山、喀喇昆仑山、兴都库什山和天山的巨大山结,中国古代称其为葱岭。它的东部,是塔什库尔干,简称塔县,是一个高原县,属于新疆喀什地区,还有一部分,在新疆柯尔克孜州,都是帕米尔高原人文地理的精华所在。

从喀什市沿着公路往西,车行一个时辰,就可进入蜿蜒向前的山路,接近塔县了。

帕米尔高原,正如一幅立体的长轴,在我的眼前缓缓展开。

布伦口白沙山，是进入帕米尔高原的咽喉。沙湖澄澈，沙山素洁。山湖辉映之间，景象壮美，壮美中蕴涵着一种神圣。在这里，轻轻掸去一路的风尘，舒展一下略有点倦意的眉头，静静地伫立，凝视湖中白沙山的倒影，竟展现的是一片深邃的纯净。

不远处，喀拉库里湖，方圆10平方公里，展现的又是一番浩瀚的纯净。她犹如一面巨大的梳妆镜，让皑皑的雪峰在倒映中更显芳姿。这里的湖水，来自远古的冰川，所以特别清澈纯粹。微风乍起，涟漪轻漾，湖面玄妙迷蒙。在日落日出中，湖水由原来的淡绿，变得五彩纷呈，忽而银白，忽而粉红，忽而蓝色一片，忽而满目黑黢黢的。大自然的造化，使这一切显得神奇无比。这高原的圣湖，让躁动的灵魂安宁，令飘浮的思绪沉静。就让心灵暂时寄放于此吧，让它也在晨夕的变幻中，融注冰川一样的滔滔不息的透亮。我在心里说道。

再仰首凝望慕士塔格峰。主峰海拔高达7 546米，终年积雪不化。它高耸在那里，亘古不变，神态依然。在柯尔克孜语中，慕士塔格峰（Muztagh Ata）就是"冰雪山"之意，"阿塔"（Ata）则是"父亲"之誉。慕士塔格因此有"冰川之父"的佳誉，由此而来。作为帕米尔高原最为神奇的一座山峰，它是名副其实的。它拥有的冰塔林、冰舌、冰洞、冰松等自然景观，有一种摄人魂魄之美。

神山圣湖，诠释了自然纯净的真正内涵。从喧嚣繁杂的都市里走出的我，不正是在寻找这样的纯净吗？

洁白应该是纯净的一张脸。帕米尔高原上的雪是洁白的。数百上千年前形成的雪山冰川，一尘不染，一览无余，纯净得无法比拟，袒露得无比透明。宁静时，犹如处子。在湛蓝的天空映衬下，白得静穆，白得超凡脱俗。奔放时，也不乏缪斯一样的激情，在雪崩的那一刻，它欢笑着飞落。那纷纷扬扬的洁白，是馨香的花瓣，遍撒山野，又化作一股股清冽的泉水，奔向广阔的草滩。

云朵也是洁白的，是飘浮不停的雪山，雪山则是栖息不动的云朵。如此连绵，一眼望不到首尾，把洁白纯净之美，展现到了极致。在这洁白的动静之中，仿佛心灵的底版也被渲染得一片净白。

这塔县高原上的人，也是纯净的。他们主要是塔吉克族人。夜不闭户，路不拾遗，就如同这山上的冰雪一样，司空见惯。当我们路过一户牧民家，门敞开着，家里空无一人。一位朋友进屋，从热水瓶里倒了一点热水，碰巧主人来了，他见状毫不生气，相反见有客登门，脸上洋溢着快乐的神情，他端出瓜果之类的食物，热情地递给我们。

在石头城遗址门口，几位塔吉克族少年让我们感受到了心灵的纯净。拍照，合影，他们落落大方，那随意表现的动作和神情，把孩童的天真表露无遗。那绿色瞳仁里闪出的一片诚意，也拨动了我们的心弦。作为感谢，我们给了他们一元硬币，他们笑着接受了，这是对我们的尊重。要再给他们加点钱，他们却婉言谢绝了，他们的眸子里写着真诚，再执意，或许就是对这片真诚的亵渎了。

我们的汽车在喀湖停留间歇，一个肤色黝黑的男子追随我们的车，小跑了一阵。他手里举着一把折叠伞。是我们的伞。他说这是从我们的车上悄然掉下的，他不停地述说着，仿佛我们会误解他的好意似的。这就是山里人的淳朴。是的，淳朴，淳朴本就是纯净的一种特质，他们保持着这种特质，就像这里的神山永远拥有这冰雪，这圣湖永远具备这清澈一样。

世代生活在这高原上的塔吉克族人，虽然并不富有，但简单而快乐的生活，如同他们太阳部落的称呼一样，阳光而纯洁。

当地一位官员说，他们新建多年的塔县拘留所，多少年只关押过一个人，那还是喝醉酒打了老婆的异乡人。

二

那年的一个初秋，我陪同有关部门人员，登上帕米尔高原。

到了山上，是在一个普通的农户家用的餐。房屋建造和屋内设施都相当简陋，农户却十分热诚。端上的具有塔吉克族风味的食物，都是他们自己烹制的。一大碗的酸奶清香扑鼻，特别醇，也特别酸。馕饼、奶茶、煮羊肉和面条，都各有味道。我们在火炕上盘腿而坐，边品尝，边交流。县委书记是老友，闻讯也赶了过来。主人易买江很高兴，被阳光青睐的黝黑的脸颊，始终笑眯眯的。临别时，又一起在农户家门口合了影。

在偌大的青草滩上,刚搭建好了供旅游观光和表演的木栈道和大舞台。天气已够寒凉,当地演员还献演了包括鹰舞在内的好几个民族文艺节目。

翌日,我们坐车登临了著名的红其拉甫口岸,这也是我入疆以来的第一次。

5 300多米的海拔高度。冰雪在道路和山间覆盖,也许是前几天下的雪,融化了一些,显得斑驳陆离。我们的越野车爬过好多个山坡,直抵边境线旁。低温寒冽,我们都披着军大衣,在风中站立。这是中巴边境的第七号界碑。年轻的边防战士全副武装,很友善地微笑地看着我们,来来回回地走动着。不远处,可以看见巴基斯坦的哨所,却未见人影走动,有人说,可能是冰天雪地太寒冷的缘故,他们都躲进室内了。平常,他们还会来人,向我们这边讨要酒喝,巴基斯坦禁止酗酒。我们在印有"中国"两个大字的界碑前留了影,内心涌动着一股豪气。

感觉到缺氧了,有些头晕,腿软。连忙坐上车,吸了一点氧。但见车窗外,在边防哨所的二楼平台上,数十位戴着头盔的士兵冒着严寒,克服着缺氧,还在一丝不苟地操练着。哨所的台阶上,还有几位身穿迷彩服的战士,正在整修着台阶,他们一年四季,坚守在这里,看着他们,我们不由得肃然起敬。

我们在哨卡没有久待。一路下山,越过一个山冈,往下走了不多时，海拔从五千多米一下子就跌至四千米了。

一路上，随处可见当时被泥水所冲毁的桥梁、道路和堤岸等。一路上冰山雪峰变幻着角度和距离相随。长毛牦牛和羊群散落山坡草原，有时远远望去，还错以为是一团团黑色、棕色、白色和杂色的草丛。偶见几峰骆驼，也悠然自得地伫立着，它们是在这幽静中漫想着什么吗？

有一年的央视春节联欢晚会，红其拉甫哨所的战士们，出现在了电视画面上，并向全国人民拜年。更多的节日和平常的岁月，他们是默默无闻的，冷清而且艰苦。像山上的雪莲一样的寂寞，但他们的绚烂，执着于山巅，是无与伦比的。

三

向西，向西。向着离太阳最近的葱岭进发。由喀什出发，数小时的车程，我竟一点没有倦意，也感觉不到高原对人的生理威胁性的挑战。葱岭的奇特和美丽渐次展开。

说到葱岭，或许陌生者众多，但提及帕米尔高原，恐怕不少国人就恍然大悟了。电影《冰山上的来客》就是在那里拍摄的。一句"阿米尔，冲！"曾在年轻人口中泛滥，不比今天的某些网络潮语流传度低。我也是带着"阿米尔，冲！"的这股激情和勇气，向着海拔三千米以上的帕米尔高原挺进的。

不说神山圣湖，不提牛羊马驼，也不叙民俗风情。这一切都是美轮美奂或富有特色的，让初来乍到者置身其间，很容易就丢失了自己。就说说那座唐玄奘笔下的石头城吧，它让我时光回溯，变成了一千五百多年前的一位匹夫，沉思有顷，忧国忧民。夕阳下的石头城，严格地说，是石头城废墟，凝重，庄严，古朴。倒像一个深邃的哲人，缄默着，反而体现出一种不可亵渎的威仪。

到塔县，必定要去观瞻石头城。石头城，是离阳光最近的古城堡。

《大唐西域记》有过飞扬的文字记载。石头城曾是古羯盘陀国国王的宫城，在高原盘踞。它位置险要，很长时间里都是一个军事重地，时常引发兵燹战火。最为出名和激烈的，当数1836年那一场恶战了。为抵御浩罕汗国军队的野蛮入侵，库勒恰克这位爱国民族英雄，在此坚守了七个昼夜，最后以血荐轩辕。公元7世纪，面目慈祥的唐玄奘西行取经，也在这里逗留，还留下了脍炙人口的故事。

当石头城废墟坦坦荡荡地袒露在我面前时，我一时说不出话来。我仿佛在倾听一位先贤的倾诉。是的，石头城毫无一丝矫饰，似乎要把它的过去和现在，向我和盘托出。之前想象中的废墟，是败落不堪的，一定令人可悲，甚或只是一次心灵的凭吊。但眼前这位于太阳部落的石头城，虽城堡的原貌几乎不见，当年的风采，也并不鲜明，却仍让我倍感一种气势非凡的雄性气质。土块砌成的城墙，仍保留了一些，石头城内，石块堆积，土坑时现，有几多沧桑，更有几分壮美。城门、角楼、堞孔、马面和城堞之类，还清晰可辨，又感觉到几分豪气。我开始攀援这城基时，脚步有一丝犹豫，残破不堪又颇陡峭的城墙，似乎不容易亲近，但登上城堡，站在沿山势而筑的石头城里，远眺塔什库尔干，这曾经属于丝绸之路的最后一站，历史被拉近了，深为淳朴和智慧的塔吉克族人感到骄傲。库勒恰克就是塔吉克族人，塔吉克族人是中华民族的一份子。

在石头城的门口，遇到一位当地的孩子，目光就像天空和雪山一般纯净。他们天真无邪的笑容，让我们禁不住都涌动着一个想法：每年捐献一部分钱，为这些孩子们助学，直到大学毕业。一时间，感觉自己也像当年的唐僧西游，一路阿弥陀佛，一路布道扬善。同时，也让自己的心愈加晶莹澄澈。

临走时，在石头城下的一个小杂货店，发现一本当地年轻人自费出版的诗集。薄薄的，装帧简单略显粗糙。里边的诗，也有高原的粗犷和绿草地鲜活的气息，竟让我这经常写诗的人凝望石头城，久久不敢吟出关于石头城的、自己创作的诗来。

我之前写过帕米尔高原的十来首诗。其中有一组，是我从塔县返回喀什市后，连夜赶写的。当时在微博上写下第一首，就顺手发布了出去，接着第二首，也如法炮制。在着手第三首创作时的间隙，怀着一丝虚荣，去看了前两首的评论，已有好多人点赞。我匆忙回复了一句："容我不谢，还在下蛋。"便又加快动笔，第三、第四、第五、第六首诗,都很快亮相微博了。这是我自进入喀什,亲近帕米尔高原以来的一次情感沉淀。是一往情深的自然倾泻,也是深入之后的一种感情的升华和凝结。

> 请借我高原的平台/走进天空这片蔚蓝的大海/请借我古老的烽燧/去点亮飘逝的岁月/请借我冰川的冷静/凝聚全部的心力/再请借我一根胡杨的树枝/就像塔吉克族姑娘/纤细柔美的手臂/我要垂钓/那一弯丰润的月亮/把李白们统统请来/一次空前绝后的美餐/吟哦千古流芳的诗篇//
>
> 请赐我一声鹰笛/从此响亮了未来旅程/请赐我一握盐巴/从此铸就了我的阳刚/请赐我一杯奶汁/从此拥有纯净的遐想/请赐我一匹老马/从此不会迷失方向/或者,就撒一点面粉/在我的肩膀/像古希腊人曾经的吉祥/或者,粘一丝慕士塔格峰的冰花/滋润我的双颊/一个民族有太多敬畏/人才会有真正的脊梁。

这组诗,很快在一家知名诗刊上发表了。其中有一首《那一声华丽的唢哨》,由广东和新疆几位音乐家合作谱曲后,定名为《鹰笛嘹亮》,广为传唱。

塔吉克族人对鹰极为崇拜。他们用鹰的翅膀做成鹰笛,三孔的骨笛,两人同时吹响,一致的C调。鱼咬尾似的吹奏,自下而上,又从天而降,像深情的曲子,自有其顿挫抑扬,又似山间的河流,注定流淌着一种波光。那笛声里有阳光的气息,是太阳参与了它的豪放。那乐曲仿佛在高原快乐地飞翔,因为雄鹰的翅骨,熔铸了歌声的畅亮。

在帕米尔高原,我见识了太多太多。在援疆最后一年的春天,我还去瓦罕走廊作了初探。那是世界海拔最高的陆地边境之一,在阿富汗境内长约三百公里,在中国境内约一百公里,是天然的中亚陆路通道。

在走廊的一个叫卡拉其古的平地上,矗立着三个一字排开的石碑,分别标示了东晋高僧法显、大唐高僧玄奘、大唐和尚慧超等三位名僧的经行处。三位高僧西天取经,都在此留下了足迹和墨宝。作为华夏文明和印度文明的交汇处,这里自然引人注目。

我因还有公务缠身,只车行进入了三十余公里便折返了。我暗忖,找时间一定好好再访,在此多多逗留,多多寻思。

下山途中,在一段稍显宽阔平展的沥青路面上,一群牦牛碎步而来,大约十来头,都很肥硕,通体的长毛黑或白色,有的则黑白相杂。我想走近它们。它们挤挨着,步子加快了,似乎想躲避我。戴着塔吉克族花帽的放牧女,黝黑的脸,微微笑。她善解人意,走到最前边,唤住了它们。这样我可以从容地与它们近距离接触。临走时,我右手按在左胸前,微微弯腰,向她表示谢意。她羞赧地一笑。

这一队牦牛刚消失在路口,有两只掉队的牦牛急急追去,肉身颤动,牛蹄踩踏在路面上,足音轻盈、清晰而富有节奏。跑动的姿态,也是笨拙中见灵巧。

公路上又数次邂逅牛群。有时它们止步于路中央,睨视着我们的车辆。虽急着赶路,我还是叮嘱司机放缓车速,有时干脆就停车了,让它们信步而过。

有一回,瞥见一队牦牛,大约七八头,横挡在路上。乍看还以为是一队警察在拦车检查呢。我们缓慢行进,它们也渐渐变换了队形,一列纵队,朝我们轻唤着,擦着我们的车身,与我们相向而过。我们也赶紧打开窗,向它们亲切招呼,俨然是老朋友了。

我知道,高原只是对我肉身的暂时的托举。我和天空的距离,在物理上,还是天壤相距。风风雨雨,会把我摔在大地。云霓虹霞,也将天穹衬托得愈发神秘。多少次深邃的仰望之后,我发觉我的灵魂,已留在帕米尔高原极地。它将以澄静的情状由此起航,凌空飞舞,轻快游弋。也会在洁白的云中漫步,只有快乐,没有颤栗。

离开帕米尔高原时,我写下了这一段话。

我轻声告诉自己,我不仅仅是冰山上的来客。从此之后,我会永久地与它的纯净、高远、质朴和良善坚定地在一起。因为我的灵魂,早已留在高原极地。

他乡美食记

他乡的美食，就像他乡的山与水，人与物，风光与风情，在离开他乡之后，会在某一时刻忽然闪亮地启幕，悠悠地回放，温馨地浸润，其味无穷。

新疆是一块宝地。在新疆三年多的时间里，我有幸品尝到天山南北，各个地区和民族的美食，每每想起，都齿颊生香。

喀什的叶林兄，曾邀我们到他住处用餐，他太太掌勺。其中的清煮风干牛肉加红萝卜块，放置在一个花色大盘子里。叶林用小刀把牛肉切成小块。刚下锅的牛肉块滚烫滚烫，叶林捧着牛肉的手心也受不住了，不时放下切好的牛肉块，滋滋吸吮着自己的手心。他把牛肉块都切碎后，先撒上了一层皮牙子（即洋葱），后又倒入一碗面皮，这也是现拉之后用牛肉汤现煮的，与牛肉块搅拌匀了，牛肉块乍闻还有点膻味，但一入口，鲜嫩可口，十分鲜美。

　　这是哈萨克族的美味佳肴。风干牛肉选用的牛种，必须是四至七岁的母牛或奶牛，宰杀时一年内得处于"空胎"，即当年未予交配，未曾下崽。季节则在11月，下了首场雪之后。这时牛羊正在转场，尚未抵达冬窝子，大啖带着初雪的草木。一周之后，即予宰杀。此时的牛肉因食寒，排尽了身上包括积蓄在五脏六肺的赘物，周身显得紧致。宰杀以后，犹如庖丁解牛，卸下一块块骨头。撒上粗盐，均匀揉搓在每一处，再用牛皮裹紧，悬挂风中。这其实是排酸的过程。一夜之后，再悬挂毡房，自然风干。12月埋入雪堆底下，食时再取。可见，虽无现代化的设备相助，也无科学食谱等指南，但从老祖宗那里流传下来的方法，是最符合自然法则，也十分靠谱的。这是原生态的食物，难怪满口生香，越吃越想吃。叶林兄说，这是从阿勒泰带回的。在冰箱里放过了，已经少了点鲜美。叶林兄来自阿勒泰，那是一片神奇丰美的土地。

　　说到烤，在新疆，吃海鱼的机会少，而湖水或者水库里的鱼，则常常吃到。做法有炸、煎、煮、氽、烤等，其中以烤为最佳。

　　当然也有例外。我在乌鲁木齐一条偏僻小街，曾经到过一家简陋而狭窄的饭店。新疆的文友说，这里是品尝"五道黑"的好地方。"五道黑"，是怎样霸气而特征鲜明的鱼，它竟然拥有这样的称呼。这是我第一次耳闻，因此也充满了好奇。文友又说，你吃了，一定难忘。我看了餐厅玻璃水缸里的各种鱼,竟然没有找到"五道黑"的身影。文友说,"五道黑"是比较稀罕的鱼,可能饭店把它放在厨房里了。果然,厨房里有"五道黑"。

在品尝了其他一些开胃菜后,总算等到"五道黑"的上桌。那是一盆清蒸鱼。这条鱼呈长椭圆形状,体侧稍扁,肉体丰厚,头小身宽。它的光溜溜的身子上,还真有深黑色的横斑。我特别留心,竟有七条,粗细长短不一。这在棕褐色的肉身中显得清晰突出。"五道黑"的腹部却是白色的,像普通的鱼一样白嫩。清蒸之后,肉也是嫩嫩的。上桌前还撒了些许孜然,在孜然香味的伴随下,肉味也是细腻并有口感的。

我品尝了一口,又一口。鱼的肉质,确实柔细鲜美。我们点的这条"五道黑",大约一斤左右。据说一般大些的"五道黑",也不过一斤七两到一斤八两。这些鱼,来自新疆的额尔齐斯河,是一种生长比较缓慢,个体也比较弱小的鱼类。它们在植物丛林的河流中,繁殖衍生,主要以食浮游生物和小型鱼类为主,繁殖力比较强。这些年,新疆的一些河流、湖泊都养殖了这一鱼类。

"五道黑"很快只剩残骨碎刺了。服务员恰巧又端上了一盘,这回是红烧的,与南方浓油赤酱的有得一拼,还加了不少胡椒、花椒、红尖椒,虽然辣了些,但味道真是不错。"五道黑"的肥美之味,一直在舌尖飞扬。

后来我在博斯腾湖,也品尝到了这种鱼,那次是烧烤的,在红柳木的熏烤下，鱼香弥漫，十分诱人。不过，我以为这种鱼，清蒸的烹制，应该是最有味的。

后来我曾专门了解，"五道黑"学名叫赤鲈鱼，属于冷水鱼，算得上是一道名吃。

这些年在许多地方，也有寻觅品味这种鱼的欲念，但都很失望，也有叫类似名字的，却见不到身上清晰的深黑色的横斑，而且品味的感觉也差异明显，可知自己与"五道黑"缘分还是太浅了。

在新疆，各类清真的美食没少吃，在乌鲁木齐，维吾尔族一位兄弟，又邀请我去街市品尝小吃。

不是街头小店摊位，小车驶入一个并不宽阔，但干净幽静的马路。维吾尔族兄弟说，到了，米拉吉。店招上的"米拉吉"几个字，简单大方。眼前的建筑颇具民族特色，外墙花纹凹凸，线条柔和，色彩净爽而亮丽。进得屋内，画梁雕栋，维吾尔族人喜欢的各类花卉，尤以纯净的玫瑰花为主，图案纷呈。喀什民居、维吾尔族老汉、湖泊舟楫等题材油画，也布设得恰到好处。土陶古玩也陈列在柜架和墙洞内，浓重的文化气息扑面而来。

这当是品享美食的好地方呀。

坐定后，先上的是一杯红茶加热蜂蜜和黑加仑，有点洋为中用的吃法，也别有风味。那味道也是馨香甜爽，在这秋燥时节，正合吾意。上桌的第一道美食，竟是金黄色的手抓饭。抓饭米粒清晰，油光锃亮，味道十分爽口，我吃得都舍不得落下一粒米粒和肉块。后来上的是皇帝粥，是用五谷杂粮慢火熬煮。白色的恰蘑菇，黑色的木耳片，玲珑的绿豆，熬制成了色彩和营养俱佳的美味，真的是令人垂涎。肚子已有几分饱了。

又上了一个叫优步旦的点心。这个点心的名称让在座者都非常好奇。这道点心，一经细品，才知是白玉米粉和白面粉相揉而成，细面一般。关键是佐以鲜美的羊肉汤，这成了一种绝配。大家吃得啧啧赞叹。

另外一个点心，叫木尼待克，还有一个名字叫曲曲尔。曲曲尔，也就是我们南方所称的馄饨。这个木尼待克是用包谷面制成，堪称美味。

随后，架子烤羊肉也上来了。我怕吃烤羊肉容易上火，平素很少沾筷。维吾尔族兄弟说，这个味道不一般，不吃太可惜。于是，扯下了一大块送到嘴里，还正是香脆鲜润，没有一丝膻味。实在好吃，狼吞虎咽般就把这块羊肉入肚了。据说这种架子肉，是置于馕坑内烤的。味入肉内，鲜美程度就不一般，而且肉质也是上乘的。维吾尔族的兄弟当场演示，他粘了一点肥膘，两手一抹。然后，亮开手掌，油腻不在，都渗进皮肤里了。他说，这就是上乘的好肉了。这家美食店特别注重肉种，他们自产放养的牛、羊，精心饲养，只供应自家店用，那自然就更不一般了。

维吾尔族兄弟热情，又坚持上了鸽子汤、薄皮包子，最后是一道水果，都品尝了一点，感觉肚腹都撑不住了。

跋

在知天命的那几年,有幸赴之前从未涉足的西北边陲新疆喀什工作了三年多,由此眼前展现了一个广阔、新奇、深邃而又斑斓的天地,历经了从陌生孤寂到情感依恋的过程。喀什乃至新疆,成了我人生一段记忆深深、回味无穷的没齿难忘的日子。

在一千多个日子里,见识了太多的人和事,也见识了西域的不少神奇。我自知愚笨,又常被琐事缠绕,便用最普通的记忆法,每天记日记,记下我的所见听闻。当然,因为自小钟爱文学,视文学是我人生的初恋,坚持笔耕不辍,在他乡便有了如泉奔涌的创作渴望、思路和激情。我在业余时间,在夜半的床上,在一路戈壁的车程中,在周末的书桌前,写小说,写报告文学,写诗歌,写舞台剧,更写散文,散文让我纪实、联想并抒发了自己的情怀。散文发表后,被全国各地报刊转载的数量不少,有的还被选入了当年全国散文的排行榜或精选集。

三年多后，我的长篇纪实文学《援疆日记》作为中国作家协会定点深入生活项目的作品，得以出版，上百万字的日记，出版时仅选取了约40万字。另出版了散文集。我没拿一分稿费，买了书都送人了。赠书是写作者的一种独有的快乐。

　　有意思的是，八九年后，有文学圈内，也有圈外的新老朋友，会向我提及这些文字，说它勾起了他们对喀什、对新疆热烈的神游向往。更有意思的是，一些新老朋友告诉我，他们在出游时，将我的书随身携带，不仅按图索骥般踏寻奇景，还在书中找到某种会心的共鸣，仿佛与遥远的我在做无声的交流。这对于我而言，是对我这样一个纯业余写作者的莫大鼓励。

　　这次，上海大学出版社颇有情怀，也颇具眼光，编辑出版了这本书，精选了我有关喀什乃至新疆的以景为主、也见人见情的散文。其中有几篇是我为此书特意创作的。我期待这本集子，能给需要者送去些微的帮衬。

　　在此深深感谢戴骏豪先生、陈强先生等出版社各位朋友，也感谢给予我写作支持帮助的各位朋友。也期待对我这纯业余作者文字中难免的粗陋，给予批评和宽宥。

　　我始终相信，人若有大爱，人生才可爱！

　　谢谢。

安谅
2023年3月8日